handgassdichen VERLAG

2. Auflage, Originalausgabe
© 2020 Luise Morgeneyer
handgeschriebenVERLAG
Koppenstraße 25
10243 Berlin
Umschlaggestaltung, Illustration und Satz: © Eva Burdack
Korrektorat: Anne Schünemann
Herstellung: Janine Lattich
Druck und Bindung: Eberl & Kœsel, Altusried-Krugzell
printed in Germany
ISBN: 978-3-9821888-1-2

Buchblock gedruckt auf Recyclingpapier aus 100 % Altpapier, das mit dem
Blauen Engel und dem EU Ecolabel ausgezeichnet ist.
Dieses Buch ist vegan und wurde klimaneutral produziert.
Mehr Infos: www.handgeschrieben-verlag.net/Umwelt

Wellenlesen

Von Menschen, denen ich begegnet bin

Luise Morgeneyer

2010. ICH TRUG EIN SCHWARZ-ROT GESTREIFTES BANDSHIRT, EINEN NIETENGÜRTEL, DER NICHT DURCH DIE SCHLAUFEN GEZOGEN WAR, UND DER SELBST GESCHNITTENE PONY HING MIR TIEF INS GESICHT. ICH SAH GENAU SO AUS, WIE EIN TEENAGER VOR ZEHN JAHREN EBEN AUSSAH, UND STAND UNTERHALB DER STEILKÜSTE MEINER OSTSEEINSEL. MEIN VATER LAG SEITLICH AUF DEM HARTEN STEINSTRAND UND BLICKTE GELASSEN ZU MIR HERAUF. ICH SETZTE MICH DANN IRGENDWANN, ALS ICH LANG GENUG DARÜBER NACHGEDACHT HATTE, EIN PAAR METER WEITER WEG NEBEN IHM HIN.

GEDULDIG, ABER OHNE ERFOLG, DIE LANGEN HAARE NACH HINTEN GEBUNDEN, DREHTE UND WENDETE MEIN VATER JEDEN STEIN, DEN ER VON SEINER POSITION AUS ERREICHEN KONNTE. ICH BEOBACHTETE IHN AUS DEM AUGENWINKEL, EINE WINDBÖE VERFING SICH IN MEINEN HAAREN UND ICH MUSS FÜR EINEN AUGENBLICK AUSGESEHEN HABEN WIE ER. ICH WÜNSCHTE, WIR WÄREN ALLEIN GEWESEN.

MIT MEINEN HANDFLÄCHEN FUHR ICH LANGSAM ÜBER DEN STEINIGEN UNTERGRUND.

„ICH HAB EINEN", MURMELTE ICH, STAND AUF – DER STEIN PASSTE SO IN MEINE HAND, DASS IHN NIEMAND ANDERES SEHEN KONNTE, VERNEIGTE MICH VORM MEER UND WARF DEN HÜHNERGOTT MIT ALLER KRAFT UND SO WEIT WIE NUR MÖGLICH ZURÜCK IN DIE WELLEN.

Das sind meine Erinnerungen, die hier aufgeschlagen vor dir liegen. So ist es für mich passiert und in meinem Herzen gespeichert. Das ist meine Realität. Ich habe die folgenden sechzehn Gespräche also nicht aufgezeichnet und dann transkribiert, sondern zugehört und später aufgeschrieben und damit eben doch vor allem mich selbst hier ausgebreitet. Es ist nicht möglich, einen Moment, genau so wie er war, noch mal zu erleben. Wir können Menschen, ganz gleich wie sehr wir sie lieben, nicht an uns binden. Aber Gefühltes und Gelerntes können wir zu einem Teil von uns machen.

Das sind meine Worte, ich habe sie ausgesucht.
Das Gesagte gehört den Menschen, die mir diese Botschaft überbracht haben.
Zusammen – ist es etwas, das uns allen gehört.

BERNSTEINSUCHE AN STÜRMISCHEN TAGEN

AMIT – MIAMI, FLORIDA

Die Erinnerung an Amit liegt drei Jahre zurück. Sie ist nicht mehr besonders lebendig, nicht besonders laut, aber sie ist da und ist, neben meinen zwei Brieffreundinnen, die ich im Sommerurlaub in Griechenland 2010 kennengelernt habe, und unseren Nachbarn an der Ostsee, jedes Jahr, meine erste Erinnerung an einen Fremden, dem ich irgendwo auf dieser Welt begegnet bin.

Der spontane Kurztrip nach Miami verlief mehr als holprig. Ich dachte damals, es sei eine wunderbare Idee, direkt aus dem New Yorker Nachtclub in ein Flugzeug Richtung Florida zu steigen. Um es abzukürzen: War es nicht. Den versäumten Schlaf holte ich am Strand nach und die Aktion endete mit dem schlimmsten Sonnenstich meines Lebens. Ich verließ das Hostel, das ich mir in Miami Beach gebucht hatte, einzig und allein, um Nachschub an Aloevera-Gel und Wasser zu kaufen.
Es war der erste ungeplante Trip meines Lebens, das erste der etlichen Male, die mich das Fernweh packte und ich mich dem einfach hingab, buchte und abhaute. Und obwohl so ungefähr alles schiefging, was schiefgehen konnte, machte mir diese Erfahrung keine Angst, sondern nur noch mehr Lust auf Abenteuer und Menschen.

Amit hatte bernsteinfarbene Augen. Er, dem das Hostel gehörte, in dem ich übernachtete, und seine Mutter, die im Haus nebenan lebte, kümmerten sich rührend um mich: versorgten mich mit einem riesigen Sonnenhut, israelischem Abendessen und aufmunterndem Lächeln. Ich hatte mein Tagebuch nicht dabei, ich habe nichts weiter aufgeschrieben über Amit, über die kleinen Gesten, das breite

Grinsen und seine herzliche Art, die so überschwänglich war, dass sie die Scham über meine eigene Naivität ganz einfach verscheuchte. Es hat nie ein tiefgründiges Gespräch, kein Offenbaren der eigenen Lebensgeschichte oder eine gemeinsame durchtanzte Nacht gegeben und auch nicht benötigt, damit Amit mir für immer im Gedächtnis, viel mehr aber noch im Herzen geblieben ist.

Ich denke gern an ihn zurück, wenn ich online sehe,

wie er sich seinen Traum vom Inliner-Marathons in New York erfüllte,

wie er seine Frau kennenlernte und schließlich heiratete

oder wie er seine Tochter das erste Mal im Arm hielt,

geht mir das Herz auf und der Tag, ganz gleich wie grau, wird ein wenig heller. Durch Fotos, die Amit heute postet, und Nachrichten, die er öffentlich preisgibt, fühlt es sich an, als könnte ich durch ein Fenster, dessen Vorhänge nicht ganz zugezogen sind, in sein Leben blicken. Wie, wenn man zur Weihnachtszeit durch die Straßen kleiner Orte spaziert und hier und da kurz anhält und Kerzenschein, leuchtende Augen und Weihnachtsbaumschmücken beobachtet. Völlig unbeteiligt, von draußen, wohlwissend, dass man nur das sieht, was vom warmen Licht angestrahlt wird.

Ich denke gern an Amit. Ich stehe gelegentlich in seinem Vórgarten und winke ihm, ohne dass er es merkt, aus der Ferne zu.

Ich hoffe, er weiß das.

Ich hoffe, du weißt, dass Menschen an dich denken und dass du immer etwas hinterlässt.

MEERESLEUCHTEN

HANS – NEW YORK, NEW YORK

Seit sechs Wochen lebte ich in New York. Seit einer Woche ging ich aus. Beinah jede Nacht tanzte ich durch die Clubs der Stadt, fuhr dann für wenige Stunden zurück nach Brooklyn, um morgens erst verschlafen im *G Train* und dann pünktlich um 8 Uhr (wieder zurück in Manhattan) im Büro zu stehen.

An jenem Abend steuerte ich, gemeinsam mit einem Mädchen aus Münster, einen Club in der *53rd Street* an. Ich hatte sie am Vorabend kennengelernt, ihr Lächeln war mir auf Anhieb sympathisch gewesen. Aber eigentlich gab es keinen Grund, außer dem Alleinsein, der uns an diesem Abend zusammen raus in die Nacht gelockt hatte. Ich würde sie nach dieser Nacht nie wiedersehen, aber das spielte auch keine Rolle. Alles, was zählte, war: der Augenblick. Ich trug einen pinkfarbenen Rock, das weiß ich noch genau. Und das war auch das Einzige, worum ich mir wirklich Sorgen machen wollte. Ich war frei. So unendlich frei. Denn: Ich kannte niemanden und niemand kannte mich und diese Gewissheit fühlte sich gut an. So wild. So aufregend. Es war heiß zwischen all den Menschen. Ich fühlte mich fabelhaft. Vor allem dann, wenn es dunkel war. Vielleicht sogar nur dann, wenn es dunkel war. Und wir tanzten und tranken und lachten. Wir waren beste Freundinnen für diese eine Nacht.

New York überwältigte mich. Vom ersten Augenblick an, als ich mit meinem riesigen Koffer das Flughafengebäude verließ, das erste Mal die stickige Luft der Stadt einatmete, wusste ich: Diese Reise würde mich verändern. Seitdem bin ich etliche Male dort gewesen. Meine Erinnerungen an jeden einzelnen Aufenthalt in dieser Stadt sind laut, grell, schrill und übertünchen manchmal, wie einsam ich anfangs war, wie ich jeden Abend durch die Straßen Brooklyns lief, Musik auf den Ohren und Tränen im Gesicht. Ich befand mich weit weg von allem, was vorher meine Wirklichkeit gewesen war, und trotzdem wollte die nicht aufhören, wehzutun.

Weil wir uns nichts zu sagen hatten und weil es auch absolut nichts zu sagen gab in dieser Nacht, tranken wir, schenkten einander immer mehr Wodka nach (den wir mit Mineralwasser und Zitrone mixten und darauf schworen, davon keinen Kater zu bekommen) und tanzten. Als wir gerade unsere langen Haare durch die Luft warfen und lauthals die *Lyrics* irgendeines Songs grölten, griff plötzlich jemand nach meiner Hand. Gerade wollte ich sie genervt wegziehen – da ließ er sie bereits los, sah mich entschuldigend an und fragte: „Willst du vielleicht 'nen Drink?"

Ich weiß nicht, was genau es in diesem Moment gewesen ist: seine Augen, der Tequila, den wir gerade vorher getrunken hatten, oder schlicht meine Abenteuerlust? Meine Begleitung lächelte mir aufmunternd zu, ihre blonde Mähne verschwand in der Menge und ich folgte ihm das erste Mal zur Bar.

Die Clubs von Manhattan waren mir bald vertraut, beinah geborgen fühlte ich mich in den dunklen Bäuchen der Stadt, in die ich erst freundschaftlich hineingebeten und von denen ich schließlich immer wieder verschlungen wurde. Ich kannte die Barkeeper, ich legte backstage meine Füße, die in hohen Sandalen steckten, hoch und begrüßte kreischend und lachend hier und da Leute, die ich irgendwann mal kennengelernt hatte oder kennenlernen wollte. Ich fühlte mich gut, selbstbewusst, schön und unbeschwert. Immer genau dann, wenn das Leben in Europa zu erwachen begann, hoffte ich, der Bass würde niemals aufhören zu dröhnen. Ich habe nirgendwo sonst jemals wieder so ausgelassen und hemmungslos gefeiert wie in New York.

Jedes Mal fühlte sich ein Wiedersehen mit Hans nach einem Déjà-vu an. Ganz genau wie beim ersten Mal griff er, unverhofft, weil er kam und ging, wie er wollte, nach meiner Hand, zog mich an sich und ließ mich für den Abend nicht mehr los. Der Stoff seiner Kleidung fühlte sich immer so weich an, die Haare rau und seine dunklen Lippen zogen mich magisch an. Wir tanzten durch die Nacht, er hielt mich fest, stellte mich jedem vor, den wir trafen und ich längst kannte, er drückte mich sanft gegen die kühlen Wände und leckte mir über den Hals. *I am waiting outside*, textete einer von beiden irgendwann (meistens er) und der andere (meistens ich) folgte und wir verschwanden gemeinsam in der Nacht.

Immer ganz früh am Morgen lernten wir uns dann kennen, glaubte ich. Irgendwo zwischen Nacht und Tag. Die Stadt war längst erwacht (es ist ein Irrglaube, dass New York niemals schläft). Er schaltete dann immer den Fernseher ein, ich lag in seinem Arm. Wir schauten die amerikanischen Nachrichten. Die blitzweißen Zähne der aalglatten Moderatorinnen wollten irgendwie nicht zu den blutverschmierten Opfern passen und doch so sehr. Ich erinnere mich, dass ich anfangs schockiert war, wie radikal in die Kamera geguckt und gesprochen wurde, wie die Angst hochpoliert zu uns ins Zimmer gepresst wurde. *Amazing.*

Er nickte dann immer, strich mir über den Kopf und irgendwann hatte ich mich daran gewöhnt. An diesen Morgen, die am Wochenende bis spät in den Tag andauerten und sich für mich trotzdem jedes Mal zu kurz anfühlten, erzählten wir einander, ~~wer wir waren~~ wer wir dachten zu sein und wer wir sein wollten.

Aufgewachsen war er in Harlem, New York. Seine Mutter war damals aus der Dominikanischen Republik hierhergekommen. Sie hatte ihn und seine Schwestern allein großgezogen. Er hatte, wie ich, Politikwissenschaft studiert. Er mochte keine Tattoos. Hans mochte es sauber. Er möge Reinlichkeit, sagte er. Unschuld. Sanftheit. Vielleicht, weil es all das ist, was er nicht war. Wir schauten uns – während wir uns unsere Ideen und Träume in Stichpunkten zuwarfen, um einander möglichst wenig zu berühren – nie in die Augen, nur immer geradeaus auf das Flimmern des Bildschirmes und dahinter lag uns die Stadt zu Füßen. Wir versuchten uns einander zu erklären, ohne uns zu offenbaren, und das taten wir, bis wir schließlich doch aufstanden, das Haus verließen, getrennte Wege gingen und ich darauf wartete, dass er wieder neben mir auftauchte, mich auffing und für ein paar Stunden festhielt, bevor er mich dann doch wieder in den Großstadtdschungel schnipste.

„Ich lüge nie, Luise", sagte er eines Morgens und diesmal schaute er mich mit seinen großen dunklen Augen vertrauensvoll an. Ich hatte wieder in seinen Armen gelegen. Die Decke war schneeweiß und kam mir beinah noch steriler vor als vor ein paar Wochen. Ich fühlte mich, an mir klebte noch die vorherige Nacht, dreckig und fehl am Platz. Vor ein paar Stunden hatte ich ihn einen Lügner genannt. Ich war betrunken gewesen und er hatte mich von hinten in den Arm genommen. Wochenlang hatte ich ihn nicht gesehen und plötzlich: hielt er mich wieder fest, als würde ich ihm gehören. Er hatte sich gefreut mich zu sehen, so wie man sich freut, ein altes Kleidungsstück am Ende der Schublade wiederzufinden – man hat es nicht vermisst, aber es ist schön, dass es aufgetaucht ist. Ich war wütend geworden und gleichzeitig so unendlich froh darüber, ihn wiederzusehen. (Das passierte die nächsten Monate noch oft.) Immer wieder dachte ich, das wäre okay, ich wäre okay. Mir waren die Momente mit ihm so wichtig, so wertvoll, dass ich das Vermissen, die Ungewissheit und Unwahrheit in Kauf nahm. Ich weiß nicht, ob er dieses meiner Muster erkannt und genutzt hat oder ob unsere Muster hier einfach ineinander übergegangen sind, ob ich sein Negativ war und andersherum. Wenn dem so wäre, dann könnten wir es wenigstens auf unsere Eltern schieben, dachte ich.

Auf dem Nachttisch lag ein hellblaues Haargummi. Ich trug meine Haare immer offen in New York. Ich drehte mich zu ihm um, er nahm mich endlich in den Arm.

„Sag das nie wieder zu mir, okay? Ich lüge nicht. Ich würde dich niemals anlügen", sagte er noch mal. Nickend versank ich in all dem, was da noch zu hören war. Seine Worte umhüllten mich wie Watte und fühlten sich an, wie ich mir Wolken vorstellte. Ich war glücklich (glaubte ich, aber das ist es ja, was für den Augenblick zählt) und ein bisschen weniger allein, obwohl die Sonne mittlerweile weit oben am blauen Himmel stand, der Fernseher lief und mein Handy lautlos klingelte.

In den folgenden Wochen veränderten sich unsere Farbe und Konsistenz immer wieder. Ich war verrückt gewesen, mich an Wolken festhalten zu wollen, hatte doch immer wieder nur ins Leere gegriffen. Das, was wir gerade hatten, löste sich währenddessen schon wieder auf. Er hat mir nie etwas versprochen, Gefühle nie laut ausgesprochen und sich doch von meinen durch die Einsamkeit tragen lassen.

Also: Er hat mich nie angelogen. Mit Worten immerhin nicht. Aber seine Taten, die waren falsch. Falsch, weil: nicht ernst gemeint. Nicht echt. Und dabei erschien mir das alles so wirklich. Und bis heute weiß ich nicht, ob er mich die Dinge hat sehen, hat fühlen lassen oder ob ich es war, die das unbedingt wollte. Von beidem ein bisschen wahrscheinlich. Wir haben gemeinsam Sternschnuppen in den Himmel gelogen, ohne auch nur eine einzige Unwahrheit auszusprechen. Haben uns etwas gewünscht, was wir einander nie geben konnten. Und darüber sprechen darf man nicht, sonst geht es nicht in Erfüllung. Unsere Oberflächen waren so glatt, dass sich unsere Erwartungen spiegelten und wir die sahen und mochten und beurteilten und auffingen und festhielten, liebten vielleicht.

I'M AIMING FOR THE OCEAN.

WHEREVER I GO, I WANT SAND BETWEEN MY TOES AND SALT WATER IN MY HAIR.

BREATHING. I'M BREATHING. WHILE DROWNING — IN GRATITUDE. DROWNING — IN CERTAINTY.

THAT'S THE KIND OF CONNECTION THAT IS GOOD. ALL GOOD.

ALWAYS COMFORTABLE AND SOFT, CURING — NO MATTER HOW STORMY IT GETS SOMETIMES — LOVING.

GROUNDING.

AND THEN, THERE IS: NEW YORK CITY,

MAGNETICALLY ATTRACTING ME.

MY NEVER-ENDING LOVE STORY.

BUT IT'S THE DRAMATIC ONE.

IT'S LOUD AND HECTIC, THEY SAY. IT'S INTENSE AND HONEST, I FEEL.

THE CITY IS HONEST. SO RELENTLESSLY HONEST. REALITY HURTS SOMETIMES.

AND WHILE THE OCEAN SOFTENS MY APPEARANCE,

NEW YORK'S COUNTLESS WINDOWS ARE LOOKING AT ME — JUST LIKE THAT, CONSTANTLY. CHALLENGING.

FORCING ME TO LOOK BACK.

AND WHILE EVERYBODY ELSE IS MOVING AND RUSHING, I STOP WALKING AND START STARING.

STARING AT MYSELF.

STARING AT ALL THE POSSIBILITIES AND AIMS AND SHADES — OF MYSELF. THERE ARE SO MANY WINDOWS

WATERY EYES AND DEEP SOULS THAT GET TO MIRROR EVERY INCH OF MY PERSONALITY AND I FINALLY

GET TO SEE

AND HEAR AND FEEL WHO I REALLY AM. I AM NOT JUST THAT ONE PERSON. I AM SO MUCH MORE.

I AM MY MOTHER, MY PAST, MY FUTURE, MY SCARS. I AM ALL THE LOVE YOU HAD, THE LIES I BELIEVED

AND THE DECISIONS WE MADE.

I AM MY WEAKEST AND MY STRONGEST AND EVERYTHING IN BETWEEN AND I AM ALL THE PEOPLE I MET

AND LOVED AND LOST.

I AM MY TEARS AND FEARS, THE STORIES I AM TELLING MYSELF TO FALL ASLEEP DURING THE NIGHT

AND MY DREAMS.

NEW YORK REMINDS ME OF MY CRAZIEST FANTASIES AND MAKES THEM LOOK ACHIEVABLE TAME.

NEW YORK MAKES ME LOOK FIERCE AND BRAVE. AND WORTHY.

NOT SMALLER.

BUT I'M SO MUCH STRONGER HERE.

NEW YORK CITY IS HONEST.

THE CITY REMINDS ME OF MYSELF.

MAKES ME BELIEVE. IN MYSELF.

SPARKLING. DREAMING.

HONKING AND HOWLING. RUSHING. GO!

NEW YORK CITY ISN'T GENTLE.

WAKING UP TO THE SOUNDS AND THE SMELL AND THE RUSH AND THE FIGHTS.

YOU HAVE TO GET UP AND MAKE IT HAPPEN.

MAKE YOURSELF HAPPEN.

EVERY INCH. EVERY PART. EVERY DREAM.

OF YOURSELF

VOR DEM WINDSCHUTZ SITZEN

LAMARANA — TÉLIMÉLÉ, GUINEA

Unsere Zeit in Télimélé, Guinea, war fast vorbei. Mein Schulfranzösisch hatte ich nicht großartig verbessern können, aber dafür war das Fieber endlich gesunken, das mich die ersten Tage unseres Aufenthalts ans Bett gefesselt hatte. Wir wollten alle gemeinsam ausgehen, so viel wusste ich und damit eben doch nichts, denn ich hatte keine Vorstellung, was mich erwarten würde – in einem Club irgendwo am Ende des Weges.

Wie es mir während der drei Wochen, die ich mit Anfang zwanzig in Guinea verbracht habe, ergangen ist, kann ich heute rückblickend erst richtig erkennen: Die Armut an Geld, Ressourcen und Bildung überforderte mich und der Reichtum an Lebensfreude, Liebe und Offenheit überwältigte mich. Gepaart mit all den Meinungen derer, die daheimgeblieben waren, wurde diese Reise zu einer der größten Herausforderungen meiner frühen Zwanziger: Wer bin ich? Wer will ich sein? Was ist diese Welt? Was bedeutet Fairness? Wie hilft man? Sollte man überhaupt helfen? Was sind Bedürfnisse? Und welches Recht habe ich, die Bedürfnisse anderer prägen oder gar bestimmen zu wollen?
Guinea war augen- und herzöffnend.

Wir sollten uns um 20 Uhr an der nordöstlichen Ecke des Grundstückes treffen.
Ich wusch mir meine Haare mit einem Stück Seife, wenig Wasser und viel Geduld. Mir liefen die Tränen übers Gesicht an diesem, wie auch an beinah jedem anderen Abend – und meine eigene Scham lief mir wie ein eisiger Schauer den Rücken hinunter, als ich mir mühselig den Schaum

aus den Haaren spülte. Dann schlüpfte ich in das einzige Kleid, das ich eingepackt hatte. Es war dunkelgrün, weit geschnitten und vor allem praktisch. Dazu Flipflops und das war's. Ich hatte weder Make-up noch Parfum eingepackt. Es gab in unseren Zimmern zwar ohnehin keinen Spiegel, ich wusste trotzdem, dass es sich um keinen partytauglichen Auftritt handeln konnte. Aber es war mir, genau wie der pinkfarbene Rock, mittlerweile egal. Kontraste.

Ich saß auf der Kante des Bettes, in dem ich die Tage zuvor mit hohem Fieber und verrückten Träumen gelegen hatte. Ich war krank geworden, kurz nachdem wir in Télimélé angekommen waren, hatte drei Tage nur geschlafen und fantasiert. Ich strich das fliederfarbene Laken glatt, steckte das Moskitonetz fest und schloss sanft die massive Holztür, die wie ein eingelaufener Pullover viel zu klein im Rahmen hing und damit jetzt so viel weniger angsteinflößend aussah als der große Mann, der während meiner Halluzinationen – vom Fieber oder von der Malariaprophylaxe – dort vor mir gestanden hatte. Aber es war weder ein eingelaufener Pullover noch ein großer Mann, es war einfach nur eine Tür. Für mich war es einfach nur eine Tür. Ich fing an über Realität und Wirklichkeit, über Einbildung und Fantasie nachzudenken. Und über den Kontrast, den ich, noch eine Garderobenmarke aus einem New Yorker Nachtclub im Portemonnaie, hier an diesem Ort symbolisierte. Ich allein war nicht das Problem, weiß ich heute und, dass ich trotzdem verantwortlich bin.

Ich war pünktlich, natürlich, und wartete demnach eine Viertelstunde auf Lamarana, mit der wir uns für diesen Abend verabredet hatten. Es war bereits stockdunkel und da stand ich nun, mit meinem Handylicht meine nahe Umgebung beleuchtend, irgendwo in Guinea. Nach und nach trudelten die anderen Deutschen ein: praktische Sandalen, Leinenhemden, müde Gesichter, die schon wieder mit einem Hauch des roten Sandes überzogen waren, der sich über alles hier legte – immer wieder, ganz gleich, wie oft man darüber wischte, eine ständige Erinnerung daran, dass wir es nie verstehen werden.

Irgendwann trat Lamarana aus dem Türbogen ihrer Hütte, die statt von einer Tür nur von einem hellgelben Vorhang vom Rest der Welt geschützt wurde. Sie war gerade mal siebzehn Jahre alt. Sie trug ein Minikleid (wie ich es zuletzt in New York getragen hatte) und Highheels (mindestens sieben Zentimeter hoch). Ihre Lippen glänzten knallrot, die Haare hatte sie streng nach hinten gebürstet. Sie sah wunderschön aus. Und wenn ich nicht gewusst hätte, wo wir waren, dann hätte sie auch eine meiner Freundinnen aus New York sein können, die ich nachts auf der Fifth Avenue traf. Lamarana sah mich an mit ihren großen, strahlenden dunklen Augen, zwinkerte mir lässig zu und grinste breit. „On y va!", rief sie laut, als hätte sie auf uns gewartet und nicht andersherum, und wir brachen auf.

In Télimélé gab es keine befestigten Wege und auch keine Straßenbeleuchtung. Ständig rutschte einem von uns der Sand oder Steine unter den Füßen weg. Wir stolperten durch die Dunkelheit, ihr hinterher, die elegant und zielstrebig vorneweg lief. Am Ende des Wegs leuchtete es bunt und die Musik hörten wir bereits aus der Ferne.

Die Türsteher des Ladens, beide trugen dicke Gliederketten um den Hals, begrüßten uns mit „Bonsoir, les blanches!" und baten uns mit einer lässigen Handbewegung herein. Jemand drückte mir einen

Stempel auf das Handgelenk und schon befanden wir uns im Inneren. Clubs hatten eine magische Wirkung auf mich, besonders die ersten Augenblicke in einem unbekannten Laden: sich umschauen, die Augen gewöhnen sich langsam an die blinkenden Lichter in der Dunkelheit, Musik dröhnt, das erste Mal von Raum zu Raum gehen und sich orientieren. Ich fragte mich augenblicklich, was hier wohl vorher drin gewesen war oder ob das ebenerdige Gebäude ganz genau für diesen Zweck erbaut worden war. Die Wände waren kahl, der Fußboden weiß gefliest. Bald waren alle Blicke auf uns gerichtet: zehn sehr praktisch und wenig modern gekleidete Weiße und Lamarana, die die Aufmerksamkeit genoss und förmlich aufsog. Sie führte uns durch den Eingangsbereich (in dem einige durchgesessene Sofas standen, auf denen knutschende Teenager saßen) direkt auf die Tanzfläche. Überwältigt von der Hitze steuerten wir erst mal in eine Ecke des Ladens, wir setzten uns auf eine schmale Bank und man hörte uns über die dröhnende Musik hinweg laut ausatmen. Wir versuchten uns zu akklimatisieren, ich band mir die Haare zusammen und sah mich weiter neugierig um, versuchte gar nicht mehr, cool zu wirken. Es war heiß, unerträglich heiß, aber vor allem: fröhlich, sexy, lebensfroh, laut!

Ich suchte den ungefähr fünfzig Quadratmeter großen Raum nach einer Bar ab – bis ich mir gedanklich auf die Stirn schlug: Hier wurde natürlich kein Alkohol getrunken. Einen DJ gab es auch nicht, dafür einen CD-Player, Boxen, einen USB-Anschluss und eine Menge junger Menschen gekleidet in kurzen Kleidern, Highheels und Anzügen. Ich habe mich, und das ist keine Übertreibung, noch nie so unangebracht gekleidet gefühlt mit meinem weiten Baumwollkleid. Aber wer hätte auch vermutet, dass man in einem Hundertseelendorf Highheels und Partyoutfits benötigen würde? Ich versuchte mir den roten Sand von den nackten Beinen zu wischen. Und während wir dasaßen wie die Hühner auf der Stange, zaghaft mit den Köpfen wankten und uns noch eine Viertelstunde unsicher umsahen, begriff ich einmal mehr, dass wir absolut keine Ahnung hatten. Ich musste schmunzeln über dieses merkwürdige Bild, das wir abgeben mussten. Irgendwann tanzten wir dann auch. Zwar nicht die ganze Nacht, aber dafür ein paar Stunden lang. Und es fühlte sich ganz genauso gut an, wie es Partynächte in New York getan hatten. (Vielleicht sogar ein bisschen besser, ehrlicher, echter.) Hans tauchte natürlich nicht auf und das erste Mal seit sehr langer Zeit habe ich ihn mir auch nicht herbeigewünscht.

Am nächsten Morgen, wir alle frühstückten Baguette mit Schokocreme und schlürften schwarzen Kaffee, konnte ich Lamarana nirgendwo entdecken. Das war den ganzen Aufenthalt über und ihr ganzes Leben wohlmöglich schon so gewesen. Manchmal wusste man einfach nicht, wo sie steckte. Und irgendwann tauchte sie dann plötzlich wieder auf. Grinsend, Selfies schießend und singend.

„Ich muss Kartoffeln einkaufen ... für euer Essen. Kommst du mit?"
Lamarana stand auf einmal hinter mir und fragte ganz leise, vermutlich, damit niemand sonst es hörte und uns begleiten würde. Schnell, als hätte sie sich dazu überwinden müssen, nahm sie meine Hand in ihre und zog mich mit.

Ich fragte, ob sie nicht zur Schule gehen müsse, es war schließlich ein Montag. Sie nickte.

„Meistens schon. Ich kann nur nicht jeden Tag gehen. Manchmal braucht meine Mutter Hilfe." Dies musste so ein Tag gewesen sein. Amadous ganze Familie (ihr angeheirateter Onkel und der Freund, der mich eingeladen hatte, seine Heimat kennenzulernen) widmete die drei Wochen, die unser Aufenthalt in Guinea andauerte, ihre gesamte Aufmerksamkeit unserem Wohlergehen. Der Dreiseithof, der der Großmutter gehörte, war zweistöckig gebaut und verriet nicht nur dadurch, dass diese Familie die wohlhabendste des Dorfes war.

Lamarana ging einen Umweg, glaubte ich, mein Kopf war zu sehr damit beschäftigt, mir französische Worte bereitzulegen. Da war so vieles, was ich mit Lamarana besprechen wollte. Sie sah mich mit großen Augen an, als ich ihr erzählte, dass meine Mutter und auch mein Vater mehrere hundert Kilometer von mir entfernt lebten. Alles, was sie danach sagte, war ziemlich schnell und leise und verletzt. Es ging um ihren Vater. Ich habe nicht alles genau verstehen können, aber doch so sehr. Ich nickte. Hielt ihre Hand ein klein bisschen fester. Sie wusste, wo er wohnte. Einige wenige Kilometer entfernt. Aber nicht bei ihr und ihrer Mutter in der Hütte mit dem gelben Vorhang. Hier im Dorf sei es nicht üblich, dass sich Eltern trennten, sagte sie. „Aber es ist, wie es ist. Jetzt ist er eben weg." Trotzig schaute sie in die Ferne und sah plötzlich so viel jünger aus.

Auf dem Markt angelangt war ich, obwohl ich schon mehrmals da gewesen war, beeindruckt von all den Eindrücken, Farben, Kräutern,

Gewändern und Gesichtern. In ihren Augen sah ich, was Menschen meiner Hautfarbe ihnen angetan hatten oder eben nicht. Die Ältesten sahen mich gar nicht an. Kleine Kinder griffen nach meiner Hand. Lamarana kaufte, nachdem wir eine Weile einfach nur durch die Reihen gegangen waren, die Kartoffeln, für die wir ja eigentlich gekommen waren. Und wir ließen einander nur dann los, wenn es wirklich nötig war. Schweigend trugen wir den Sack Kartoffeln zurück zum Haus. Dann verschwand sie wieder. Wohin, das wusste ich nicht.

Am letzten Tag vor unserer Abreise machten wir etliche Fotos. Ich schenkte ihr meinen roten Nagellack und den pinkfarbenen Hut, den ich mitgenommen hatte. Sie machte Selfies. Wir machten Selfies. Der pinkfarbene Hut auf ihrem Kopf. Küsschen zum Abschied. Sie winkte. Und als das Auto um die Ecke bog, brach sie in Tränen aus.
Lamarana war siebzehn.
Sie weinte bitterlich.
Ich konnte es hören – auch noch, als wir bereits für Stunden in Richtung Conakry, der Hauptstadt Guineas, gefahren waren.

Ein paar Wochen später
Ein Chat-Fenster ploppte auf. Lamarana schrieb mir. Ich grinste und ließ mir ihre Nachricht online übersetzen. Wir schrieben ein bisschen hin und her. Mich machte das glücklich. Dann schickte sie mir ein Foto von einem Nike-Sneaker. Ich übersetzte den Text dazu. Sie fragte, ob ich ihr den kaufen und nach Guinea schicken könne. Ich fühlte mich vor den Kopf gestoßen. Wusste nicht, was ich denken, fühlen, sagen sollte.

Es vergingen wieder einige Wochen

Ich war gerade in New York und postete nachts ein Bild. Von mir vor dem Panorama der Stadt, das man von der Dachterrasse einer Freundin bewundern konnte.

Am nächsten Morgen saß ich im Park. Ich war dabei, mir meine nächste Unterkunft zu organisieren, verglich Angebote, telefonierte mit Freunden und wollte mir gerade ein Taxi rufen, als mein Handy klingelte. Lamaranas Name stand auf dem Display. *„Salut!"*, sagte ich freudig ins Telefon. Wir hatten die letzten Wochen immer wieder gesprochen und miteinander geschrieben. Sie fragte nach dem Foto, das ich gestern gepostet hatte. Wo das sei. Das sehe ja wahnsinnig aus. In New York, erzählte ich ihr und sie fragte, wieso das so laut sei bei mir. Ob ich bei meiner Mutter sei, fragte sie.

„Nein, ich bin in New York!", rief ich ins Telefon. Und sie fragte noch mal, vergewisserte sich, ob ich dort sei, wo das Foto entstanden war. „Ja", sagte ich, „es ist sehr weit weg von zu Hause und von meiner Mutter." Sie nuschelte irgendetwas in den Hörer. Ich verstand sie kaum, obwohl gerade kein Auto hupte, keine Sirene heulte. Sie muss sich vor den Kopf gestoßen gefühlt haben. Nicht gewusst haben, was sie denken, fühlen, sagen sollte.

Wir legten auf.

TIEFSEE I (ZU TIEF)

CHRIS — NHA TRANG, VIETNAM

„Drink! Drink! Drink!"

Alle brüllten, schlugen mit den Fäusten auf den Holztisch und Chris trank. Er schlug seine Zähne mit Wucht in die Bierdose in seiner Hand, riss sie animalisch auf und kippte den gesamten Inhalt in einem Zug hinunter. Ich sah ihn lange an und war mir noch immer nicht ganz sicher, ob das gerade wirklich passiert war. Ich saß wie gelähmt auf einem der kleinen Hocker. Und während alle um mich herum lachten und tranken und einer ihm anerkennend auf die Schulter schlug, sah ich auf einmal, neben all der Lust zu feiern und dem schelmischen Grinsen auf seinem Gesicht, so viel Traurigkeit. Im selben Moment übergab er sich direkt wieder in das, was von der Bierdose noch übrig war, rülpste, sprang, ohne zu zögern, auf seinen Stuhl und riss sich das Shirt vom Leib. Er grölte, stank und hatte bereits die nächste Bierdose in der Hand.

Ich ekelte mich. Und ich ging ins Bett.

Meine Reise durch Vietnam war eine Probe. Wir waren zu dritt unterwegs, erkundeten gemeinsam ein fernes Land, vor allem aber uns selbst. Ein Aufeinandertreffen dreier Welten, die jahrelang umeinander gekreist und zuletzt immer mehr auseinandergedriftet waren. Zuvor war ich drei Wochen lang in Thailand unterwegs gewesen und kam nicht umhin, immer wieder zu vergleichen. Sich auf ein völlig fremdes Land und seine Kultur einzulassen, erscheint manchmal beinah einfacher als auf die Erwartungshaltung alter Freundinnen. Zwei Wochen lang waren wir bereits durch den schmalen Streifen Land gereist. Und Vietnam fing uns immer wieder auf: Hektik in Saigon, Abenteuer in Da Lat, das Leuchten Hoi Ans. Meine Freundinnen

*sehnten sich nach Entspannung und so buchten wir drei Nächte in einem
der wohl teuersten Hostels, in dem ich je gewesen bin.*

Am nächsten Tag trank er bereits zum Mittag sein zweites Bier. „Diese
Amerikaner immer!", sagten wir, nickten einander (un)wissend zu und
zogen uns die Sonnenhüte noch etwas tiefer ins Gesicht. Mein Laptop
hatte einige Tage zuvor den Geist aufgegeben und meine Freundinnen
waren müde, also war das alles, was wir die Tage über taten.

Am Abend wieder die exakt selbe Situation, wie sie sich schon die Tage
zuvor zugetragen hatte. Nur dass diesmal eine junge Frau, sie musste
nach Einbruch der Dunkelheit angekommen sein, mehr am Tisch saß
und brüllte. Schließlich tanzte. Verrückt, sexy, sie war laut. Ich konnte meinen Blick kaum von ihr abwenden. Sie trug ein langes, lockeres
dunkelrotes Kleid, das immer wieder Blicke auf ihren blanken jungen
Körper gewährte. Allein das verriet ihr wahres Alter – ihr Gesicht war
eingefallen, es sah viel älter aus als der Rest von ihr. Ich konnte nicht
sagen, ob es der Alkohol oder das Leben gewesen war, das ihr all diese Falten beschert hatte, oder beides. Man schien ihre schrecklichen
Erfahrungen an den Narben auf ihren Armen abzählen zu können.
Ganz gleich, wie wild sie die um sich warf, die Narben leuchteten in der
Nacht. Ich dachte, wie kann jemand so frei sein, so unbeschwert trotz
all der Last auf diesem schmalen Körper. Ich war gebannt von ihren Be-
wegungen und davon, dass sie voll und ganz auszublenden schien, was
um sie herum passierte. Sie kreischte und lachte und fühlte und tanzte.

     Ich weiß noch genau, wie ich immer wieder zu ihr herübersah
und sie, beinah, ein klein bisschen beneidete. Worum nur? Irgendwann

sprangen die beiden in den Pool. Wir alle hinterher. Ich war nicht betrunken genug, um mich so hemmungslos wie die anderen zu benehmen. Aber ich versuchte es. Ich wollte verstehen, ich wollte ebenso frei, so unbeschwert sein wie sie. Denn der Alkohol allein konnte es nicht gewesen sein. Drogen? Das Leben? Ich setzte mich in den knietiefen Bereich des Pools und beobachtete sie nachdenklich.

„I am fucking her right now. Do you see that? Right here, next to you!", brüllte er auf einmal und küsste ihren Nacken. In seinem Bart hingen Reste von Erbrochenem. Zwei Jungs, die ebenfalls am Rand des Pools saßen, grölten. Ich griff mein Handtuch, wickelte es mir fest um den Körper und lief die drei Stufen zum Strand hinab. Meine beiden Freundinnen saßen bereits seit Stunden dort, hatten den Sonnenuntergang genossen und jetzt die Dunkelheit. Ich setzte mich dazu und legte meinen Kopf auf Charlys Schulter.

Wir schwiegen uns an, waren einfach zusammen und alles, was wir hörten, waren das Rauschen des Meeres, gelegentlich ein Knacken und aus der Ferne ganz blass, gedämpft das Gebrüll der Feierwütigen. Während mich die Leichtigkeit der anderen so faszinierte, waren die beiden einfach nur genervt von der hemmungslosen Trinkerei und dem Lärm. Sie hatten keine Lust, irgendwen kennenzulernen, zu tanzen oder am nächsten Morgen mit einem Kater aufzuwachen. Ich war enttäuscht darüber, dass wir keine Nacht gemeinsam durchgetanzt hatten, und habe bei all dem Grübeln nicht verstanden, dass sie mich vermisst hatten in den Monaten, die wir uns zuvor nicht gesehen hatten. Sie hatten mich vermisst und wünschten sich jetzt nichts mehr, als mit mir allein zu sein, zu erzählen und zuzuhören. Nur das. *Nur* mich.

Wir drei waren schon immer so verschieden gewesen, hatten Unterschiedliches gewollt und uns das gegenseitig abgegeben. Während eine von uns von Date zu Date tanzte, planten wir die Hochzeit der anderen und es kam mehr als einmal vor, dass wir an einem Abend bei drei verschiedenen Restaurants bestellten, damit jede genau das bekam, was sie wollte. Das Studium hatten wir nur mit vereinten Kräften über- und bestanden. Danach: waren wir in verschiedene Richtungen ausgeflogen. Und zwangsläufig lernten wir, was es bedeutete, auf sich allein gestellt zu sein, und wie wichtig es ist, den eigenen Bedürfnissen auch selbst nachzugehen. Wir waren in alle Himmelsrichtungen getrieben und das Freundschaftsband, das uns so lange über Wasser gehalten hatte, fing an zu zwicken. Die Reise forderte uns heraus, wieder aufeinander achtzugeben und erinnerte uns bald daran, wie schön das immer gewesen ist.

Ich wollte mich gerade dafür entschuldigen, dass … da kam plötzlich jemand den Strand heruntergerannt, ich schreckte zusammen, mein Herz schlug augenblicklich schneller. Wir drehten uns alle gleichzeitig um. Plötzlich wie gelähmt. Der große Mann kam immer schneller immer näher. Und warf sich in den Sand, direkt neben uns. Es war Chris. Die Mädels schauten mich an, waren nicht gerade erfreut über die Störung und gingen wortlos zurück zum Haus. Ich wollte mitgehen, ich wollte wirklich mit ihnen gehen – weil ich wusste: dass sie sich das wünschten. Aber ich konnte ihn auf gar keinen Fall dort liegen lassen.

„Ich kann nicht schlafen", sagte er in die Dunkelheit und lehnte sich nach hinten in den Sand. Er schaute in die Sterne und es fühlte sich so an, als wäre er auf einmal ganz woanders. Die Bierdose in seiner Hand kippte um, ich goss den letzten Schluck in den Sand und drückte die Dose gedankenverloren zusammen. Er hatte genug für heute. Seine Augen waren weit aufgerissen und wieder sagte er: „Ich kann nicht schlafen." Ich sagte nichts, legte mich in den kühlen Sand. Direkt neben ihn. Er roch nach Alkohol. Ich weiß nicht, wie lange wir einfach nur dalagen. Nicht lange genug. Nicht lange genug, um ihn aufzufangen. Irgendwann ging ich ins Bett. „Ich bleibe hier draußen", sagte er in die Dunkelheit. Ich wusste das bereits.

Am Tag unserer Abreise – entschuldigte er sich bei mir. Das Taxi, welches meine Freundinnen und mich zurück in den nächstgelegenen Ort bringen sollte, stand bereits vor der Tür. Ich hatte etwas vergessen und auf dem Weg zurück in den Schlafsaal hielt mich Chris plötzlich am Arm. Ich zog ihn nicht weg, sondern ließ ihn einfach in seiner Hand liegen. Einen kleinen Augenblick noch hielt er sich an mir fest und ließ dann los. Er entschuldigte sich noch einmal. Ganz plötzlich kam das. Es war nicht so, dass wir uns wirklich unterhalten hätten während der letzten Tage. Er war mir nichts schuldig. Aber: Er sei nicht so. Das sei der Krieg. Das sei der Schmerz. Die Aussichtslosigkeit, die er spüre. „Ich habe so viel Geld auf dem Konto, nur keine Gefühle mehr. Also, es tut mir leid, dass ich die letzten Tage so war. Dass ich mich so benommen habe. Es tut mir leid, wirklich."
„Du musst dich nicht bei mir entschuldigen. Es ist doch nichts passiert, eigentlich. Mir ist ja nichts passiert oder so. Es ist okay. Du kannst doch tun und lassen, was du willst", sagte ich.

„Nach dieser Reise werde ich wieder nach Afghanistan gehen. Das dritte Mal. Wieder zehn Monate. Also dann tue ich wieder etwas Gutes und das hier hat ein Ende."

„Etwas Gutes?", fragte ich, während ich mein Ladekabel aus der Steckdose zog und zusammenrollte.

„Ja, ich versuche, etwas Gutes zu tun. Ich versuche, all dem hier einen Sinn zu geben. Und bis dahin reise ich hier umher, trinke und verprasse mein Geld, habe Sex und hoffe, dass ich irgendwann wieder irgendetwas spüre."

Ich sah ihn an, wünschte ihm alles Gute, bedankte mich für seine Ehrlichkeit und ging.

Ich erinnere mich, wie beeindruckt ich davon war, dass er mir all das erzählt hat, und wie sehr es mich überforderte, unbedingt das Richtige erwidern zu wollen – sodass ich schließlich gar nichts sagen konnte. Später dachte ich immer wieder darüber nach, wie oft und wie vielen Menschen er wohl davon erzählt haben muss. Er hatte sich diese Worte lange zuvor zurechtgelegt. Vielleicht bei einer Therapie, die ihm nicht geholfen hatte. Knapp, direkt und deutlich. So vieles irgendwie zusammenfassen, damit das Gegenüber denkt, es könnte verstehen. Wohlwissend, dass der Krieg nicht in drei Floskeln zusammengefasst werden kann. Aber er wollte das Bild von sich, das sich in den Augen der anderen spiegelte, nachträglich formen, erklären, verändern vielleicht. Er wollte schnell abhandeln. Nicht wirklich über seinen Schmerz sprechen, sondern Erwartungen gerecht werden, um dann weiter trinken zu können.

Ich erinnere mich heute, drei Jahre später, ganz genau an seine Worte: „.... und hoffe, dass ich irgendwann wieder irgendetwas spüre." Ich glaube ihm das nicht mehr. Ich glaube nicht, dass er wirklich wieder spüren wollte. Und ich verstehe es, auch wenn ich es nicht verstehe. Ich hatte ebenso frei sein wollen wie sie. Sie waren unbeschwert, weil sie längst aufgehört hatten zu spüren, zu fühlen, zu sein. Sie waren frei von Gefühlen und keine Grenzen der Welt, keine Fesseln, keine Bürde könnte schmerzhafter sein, als gar keine zu haben. Sie hatten sich immer wieder betäubt und abgebunden – doch ihre Wunden waren so tief, so unüberwindbar. Sie waren ausgeblutet, jede Regung, jede Emotion war einfach aus ihren Körpern geflossen. Es gab nichts auf der Welt, das ihre Bedürfnisse hätte stillen können.

Und nichts an dieser Situation war beneidenswert.

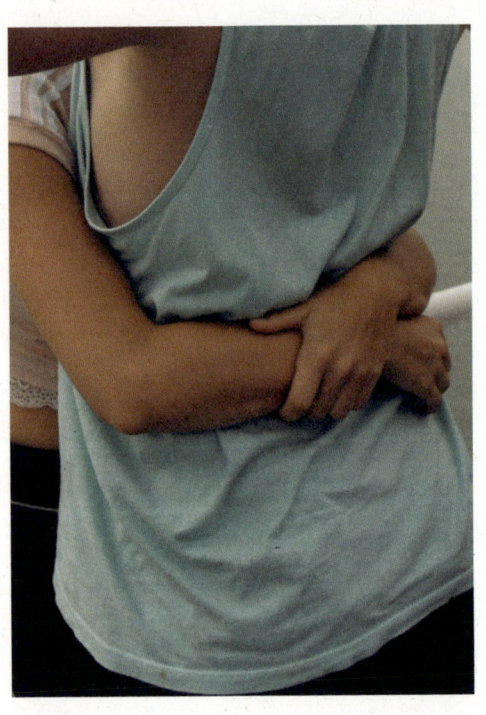

TIEFSEE II (ZU WEIT)

ALEX — SA PA, VIETNAM

Es regnete in Strömen. Wir saßen seit zehn Stunden im Bus. Wieder mal. Ich mochte die Busfahrten durch Vietnam. Verlässlich zogen Reisfelder an uns vorbei.

Die dritte Woche unserer Reise war angebrochen und somit neigte sich unsere Zeit in Vietnam dem Ende zu. Mittlerweile fühlte sich die Fremde vertraut an. Ganz unbemüht und ohne die Skepsis und Unsicherheit, die man am Anfang einer Reise oft noch mit sich herumträgt, stiegen wir in Busse und setzten uns auf Motortaxis. Kultur, Menschen, Sprache fühlten sich beinah ein wenig heimisch an. Unaufgeregt zogen wir durchs Land, aßen und guckten und kletterten.

Anfangs hatte ich die Müdigkeit meiner Freundinnen und das wenige Feiern für das Ausbleiben eines Urlaubsflirts verantwortlich gemacht. Dabei gab es nichts, was ich mehr gewollt hatte. Ich hatte Bestätigung und Nähe gesucht (weil ich die zu Hause irgendwann nicht mehr bekommen hatte) oder bloß eine Ablenkung, um die Ablehnung nicht ständig im Hinterkopf und vor allem im Herzen zu tragen. Ich wollte unbedingt begehrt werden. Mich nicht verlieben, nur ein bisschen knutschen vielleicht. Einen Strandspaziergang zu zweit. Diesen Blick – angesehen werden und jemanden so ansehen. Für eine Nacht oder auch zwei, wohlwissend aber, dass man sich wieder verabschieden muss und dadurch lernt, dass Loslassen so einfach sein kann. Doch auch nach fünf Wochen war ich noch immer niemandem begegnet, der mein Interesse wecken konnte. Es waren dann doch die Zeit und die Entfernung zu Europa, die mich endlich haben Abschied nehmen lassen. Ich war irgendwo zwischen Da Lat und Hoi An zur Ruhe gekommen, hatte das Vermissen in einem der Hostels vergessen und genau das abgelegt, den Wunsch, von einem Mann Bestätigung zu erhalten.

Wir stiegen aus, es regnete noch immer oder schon wieder und wahrscheinlich hatte der Regen in Hanoi gar nichts mit dem hier in Sa Pa zu tun. Der Regen hatte meistens nichts mit irgendwelchen Gefühlen und Augenblicken zu tun. Dichter, schwerer Nebel hing tief in den Tälern des nordvietnamesischen Gebirges, das einer der letzten Stopps unserer Reise durch Vietnam werden sollte. Wir hatten unsere Unterkunft bereits online gebucht: ein *Homestay*, welches mir ein Freund schon vor Wochen empfohlen hatte: „Leben mit den Einheimischen, Schlafen auf dem Dachboden, Katzen, Kinder und die endlosen Reisterrassen direkt vor der Tür – da müsst ihr unbedingt hin. Ich schick dir den Link." Und dann hatte er mir erzählt, was er erlebt hatte und wieso dieses Haus und diese Unterkunft für ihn so besonders gewesen waren.
Ich tippte hektisch eine Nachricht, als der Bus langsamer wurde, und schickte sie ab, als würde er da draußen irgendwo auf mich warten. Er antwortete nicht und als wir nach der mehrstündigen Fahrt ausstiegen, uns streckten und unser Gepäck aus dem Inneren des Busses zerrten, hatten wir uns schon zu weit vom WLAN-Netzwerk entfernt und waren offline. Wir nahmen ein Taxi weiter die steile Straße hinauf, deren Anfang sich bereits der Bus mühsam hinaufgequält hatte. Rundherum war alles sattgrün, saftig wuchsen die Gräser und dahinter erstreckten sich endlose Wälder, die hier und da wie Augen aus dem Nebel guckten. Wir ließen die Hektik und den Lärm Hanois noch ein Stück weiter hinter uns und es wurde still. Nur der Regen

trommelte unaufhörlich auf das Dach des kleinen grauen Autos, in dem wir zusammengedrängt zu dritt auf der Rückbank saßen. Der Wagen hielt an, wieder setzten wir uns gegenseitig die Rucksäcke auf. Das Haus sah genauso aus wie auf den Fotos und es fühlte sich für einen Augenblick an, als würden wir von einer Realität in eine andere hüpfen. Einen Ort zu besuchen, an dem so vieles von jemand anderem hing, fühlte sich an, als würden wir in seine Erinnerungen eintauchen – in seine Vergangenheit reisen und sie zu unserer Gegenwart machen. Ein kleines Mädchen kicherte, guckte mit neugierigen Augen durch die Geländerstäbe des Balkons und winkte uns. „Hallo!", sagte ich und lächelte.

Die massive Holztür des Hauses war nur angelehnt. Wir klopften zaghaft und als niemand reagierte, schoben wir die Tür einen Spalt weiter auf. Eine Gruppe an Reisenden, gekleidet in bunten Regencapes, war gerade in diesem Augenblick dabei ihre Sachen zusammenzusuchen und das Haus zu verlassen. Sie begrüßten uns flüchtig und verschwanden lachend und aufgeregt in ihren gelben Gummistiefeln hinaus in den Regen. Unsere nassen Schuhe stapelten wir draußen neben den anderen schlammverschmierten Sneakern und durchgelatschten Flipflops, traten ein und schlossen dann die Tür hinter uns. Drinnen war es dunkel, ruhig – der Trubel der anderen war gerade beinah unwirklich an uns vorbeigezogen. Es roch nach zu Hause irgendwie. Und fühlte sich auch sofort danach an. Als Andrew, der Hausherr, dann plötzlich vor uns stand und jede von uns herzlich in den Arm nahm, lächelten wir drei uns selig an und wussten: Hier würden wir erst mal bleiben.

Der Amerikaner erzählte uns, er sei vor zehn Jahren nach Vietnam gezogen. Für die Liebe. Und jetzt gehörte ihnen dieses Haus in den Bergen. Eine riesige, einladende Couch, eine lange Tafel und dann die schmale, knarrende Treppe, die zum Dachboden hinaufführen musste. Wir öffneten uns jeweils eine Flasche Cola und folgten Andrews schweren Schritten die schmalen Stufen hinauf. Dort lagen zwanzig Matratzen, einige waren bereits belegt. Vor den drei nebeneinanderliegenden Betten, die für uns vorbereitet waren, stellten wir unsere nassen Rucksäcke ab. Ich schälte mich aus meinem klammen Pullover und hängte ihn über eine der Wäscheleinen, die quer durch den Raum gespannt waren. Andrew klopfte auf die durchgesessene hellgraue Couch, die am anderen Ende des Raumes stand.

„Setzt euch! Ich zeige euch mal die wichtigsten Wanderrouten hier in der Gegend. Dann muss ich auch gleich schon wieder in die Küche. Wir bereiten das gemeinsame Abendessen vor. Das kostet noch mal sieben Dollar extra pro Person. Wollt ihr mitessen?" Wir nickten übereifrig, unsere Mägen knurrten bereits jetzt und Andrew breitete eine Karte vor sich aus. Akribisch zeichnete er verschiedene Wege und Routen ein, markierte Aussichtspunkte. Er sprach so laut und lachte immer wieder. „Ach Mädels, super dass ihr hier seid! Bei dem Nebel müsst ihr aber wirklich vorsichtig sein, okay?" Wir nickten nur – seine herzliche Art war so einnehmend, dass man ihn einfach mögen musste. „So und jetzt gehen wir mal auf den Balkon und gucken, wie tief die Wolken hängen. Ihr solltet am besten heute noch losziehen, die nächsten Tage wird es nur schlimmer. Die anderen haben sich gerade auf den Weg gemacht. Eine tolle Truppe …"

Der Balkon, von dem aus uns seine kleine Tochter zugewinkt hatte, führte einmal um das Haus herum. Mit großen Schritten lief Andrew eilig vorweg und von jeder Seite aus zeigte er mit ausgestrecktem Arm, wo die Pfade verliefen, meine beiden Freundinnen blieben dicht hinter ihm, nickten immer wieder aufmerksam und machten sich Notizen auf ihren Handys. Ich lehnte mich genüsslich gegen das Geländer und atmete laut aus. Eine schaurige Stimmung. Gänsehaut, das erste Mal seit Wochen. Es war gerade mal Nachmittag, aber es dämmerte bereits. Die drei waren gerade um die letzte Ecke des Hauses gebogen, ich schob mich zurück, schlüpfte aus meinen Schuhen und lief barfuß weiter über den nassen Holzboden. Und gerade als ich Andrews Worten wieder zu folgen begann, sah ich jemanden in einer der grünen Hängematten liegen, an denen wir schon ganz am Anfang vorbeigelaufen waren. War der gerade schon da gewesen? Er sah mich an mit seinen dunklen Augen, die schwarze Kapuze hatte er tief in die Stirn gezogen. Unsere Blicke trafen sich. Ein flüchtiger Augenblick. Ich wandte mich wieder den anderen zu, spürte seinen Blick aber noch immer auf meiner Haut. Es kribbelte. Wer ist das? Was war das?

My moment with you

Sitting in the hammock, listening to my music, looking down at the beautiful sapa valley. Relaxing, thinking. You girls walk up to the side of the house, right in front of me. Talking with Andrew, me trying to listen to what you're saying and then, my eyes cross yours. Those amazing "green" eyes with your golden hair. Time stopped for a fraction of a second. There was only me and you looking at each other. No words to be said, no feelings to be felt, just a simple moment where two stranger stare at each other. A simple moment which would stay with me forever.   -Alex ♡

– so hatte er es mir später einmal aufgeschrieben.

In genau diesem Augenblick musste Andrew mit seinen Ausführungen fertig geworden sein, denn als ich mich auch gedanklich den anderen wieder zuwandte, drehte er sich bereits um und es kehrte Stille ein auf dem Dachboden, auf dem nur noch ein anderes Mädchen saß, uns freundlich anlächelte und dann wieder in der Geschichte ihres Buchs verschwand. Wir packten unsere Sachen aus und spielten dann stundenlang mit der kleinen Nhi. So schüchtern, wie sie uns anfangs begrüßt hatte, war sie gar nicht. Ganz im Gegenteil. Sie hielt uns auf Trab. Verspielt wie eine Katze jagte sie uns über den Dachboden, legte schließlich ihren kleinen Kopf in meinen Schoß und schlief ein. Wir verließen das Haus an diesem Tag nicht mehr. Uns war kalt, unsere Jacken waren nass und wir genossen es, nach all den Wochen, die wir jetzt durch Vietnam gereist waren, endlich mal einen Tag drinnen verbringen zu können. Die Socken an meinen Füßen fühlten sich immer noch ungewohnt, aber auch nach zu Hause an. Genau wie der Blick es gerade getan hatte. Wir trockneten unsere Kleider, schrieben in unsere Notizbücher und waren einfach nur. Vielleicht ist das der unaufgeregteste Tag unserer Reise gewesen, ganz sicher aber auch einer der schönsten.

„Wer war das eigentlich vorhin draußen? Wie er dich angesehen hat, Lulu."

Meine Freundinnen guckten mich neugierig an. Mit dem Klang meines Spitznamens, bei dem mich eigentlich nur mein Vater nannte, kam ich noch ein bisschen mehr an.

„Was … meinst du? Nein, quatsch. Keine Ahnung", stammelte ich und konnte den restlichen Abend an nichts anderes denken als an die dunklen Augen, die mich so eindringlich, neugierig, besonders an-gesehen hatten. Auch später während des gemeinsamen Abendessens nicht. Die anderen, es waren doch mehr Gäste hier untergekommen, als wir angenommen hatten, waren im Laufe des Nachmittags alle wie-der im Haus eingetroffen. Die schlammigen Gummistiefelpaare reih-ten sich jetzt auf der Terrasse. Das Abendessen duftete köstlich, es gab Frühlingsrollen, von denen wir drei jeweils etliche aßen, und erst nach-dem alle Schüsseln leer waren, merkten wir, dass es noch eine Haupt-speise geben würde. Es war laut – so ein gutes, fröhliches Laut. An der langen Tafel fanden mehr als zehn Personen Platz und ich schaute in jedes einzelne Gesicht, lächelte zufrieden, aber seine Augen waren nicht da. War er abgereist? Hatte ich mir das eingebildet? Ich schüttelte den Kopf und schob mir die letzte der köstlichen Frühlingsrollen in den Mund.

„Wer will denn jetzt noch einen typisch vietnamesischen Kaffee? Ich würde schon mal das Wasser aufsetzen!" Unsere Arme schnellten in die Höhe, als diese Frage aus der Küche gerufen wurde. Ohne nach-zudenken, bestellten wir drei – unsere Bäuche waren bereits so voll, dass wir uns kaum mehr zu bewegen wagten. Aber *Vietnamese Coffee* ging immer. Wir hatten während der letzten Wochen immer nur die gekühlte Version gehabt – etwas Heißes zu trinken, klang äußerst ver-lockend und nach dem perfekten Ende für diesen Tag, der sich an-fühlte wie der erste Regen nach einem trockenen Sommer. Andrew stellte uns die Gläser auf den Tisch. Voller Ungeduld hob ich den Filter an, verbrannte mir die Finger und ließ ihn augenblicklich fallen. Der

Kaffeesatz landete auf meinem hellen Pullover, es schepperte und alle starrten in meine Richtung. Es war mucksmäuschenstill für einen Moment. Ich entschuldigte mich schnell und guckte beschämt auf meine Tasse. Und dann spürte ich es endlich wieder: seinen Blick, sein Lächeln. Ich wagte es nicht, nach oben zu schauen, und verschwand im Badezimmer, um den Fleck schnell auszuwaschen. Er war also doch noch da. Ich war erleichtert, als ich da irgendwo in Vietnam einen Kaffeefleck aus meinem Lieblingspullover wusch.

„Willst du noch einen Kaffee?", fragte er im Vorbeigehen und grinste mich schief an, als ich mit meinem nassen Pullover in der Hand und nur einem dünnen, beinah transparenten Trägertop wieder aus dem Badezimmer kam und versuchte, dabei möglichst gelassen zu wirken.

Irgendwann, als wir alle gemeinsam den Tisch abgedeckt und die Schüsseln gespült hatten, fand jeder seinen Platz auf der riesigen Couch. Auch wenn ich mich heute nur an wenige der Gesichter erinnern kann, fühlte sich das Beisammensein in dem Moment so vertraut an. Zwölf Fremde auf einem Sofa und es hätte sich nicht gemütlicher und familiärer anfühlen können. Jeder von uns schien ganz genau zu wissen, wo er hingehörte: hier. Die massive Eingangstür stand weit offen, um den Geruch nach Essen heraus- und den Duft von Regen hineinzulassen. Der Film lief auch nach zwei Stunden noch und nach und nach verabschiedeten sich die müden Gesichter und gingen ins Bett. Mir fielen immer wieder die Augen zu, aber ich wollte unbedingt noch an diesem Abend mit ihm sprechen. Ich wollte unbedingt allein mit ihm sein und so blieb ich liegen, auch als meine Freundinnen als Allerletzte verschlafen in ihre Betten trotteten. Sie wussten bereits, dass ich nicht mitkommen würde, und dieses Mal nahmen sie es mir auch nicht übel. Der Film lief noch und keiner von uns beiden sagte etwas.

„Bist du nicht müde?", fragte er genau in dem Moment, als die letzte Szene des Films endete.

„Doch, sehr. Aber ich genieße es, hier bei dir zu sein." Wow, das war direkt. Er lächelte, das spürte ich. Wir beide lösten unseren Blick nicht vom Fernseher. Bis der Abspann vorbei war und es plötzlich dunkel wurde im Wohnzimmer, das einzig und allein vom Flachbildschirm, der hier so gar nicht hinzupassen schien, erleuchtet worden war.

„Was war das verrückteste erste Date, das du bisher hattest?", fragte er mich und sah zu mir herüber.

Ich überlegte einen Augenblick und antwortete dann: „Mein erstes und einziges Tinder-Date. In New York. Das Date war anfangs wirklich perfekt. Wir aßen Pizza auf meiner Dachterrasse in Brooklyn mit einem unglaublichen Blick auf die Skyline Manhattans. Er war charmant – es war das erste Mal, dass ich einen amerikanischen Mann datete. Und als der Abend immer später wurde und wir uns gerade verabschieden wollten – ich dachte, er würde mich küssen –, kniete er sich plötzlich vor mich und hielt um meine Hand an. Erst wollte ich lachen, merkte aber relativ schnell, dass er das verdammt ernst meinte, als er sich dafür entschuldigte, dass er meine Eltern vorher nicht um Erlaubnis bitten konnte. Ich forderte ihn auf zu gehen. Zwei Stunden noch stand er vor meinem Haus und rief mich an. Wow, also das war echt abgefahren." Ich hatte die Geschichte schnell erzählt und er hatte ohne einen Mucks zugehört. Dann wurde es still. Alex schmunzelte.

„Also Amerikaner sind charmant, ja? Ich weiß nicht, ob ich das Date toppen kann, ehrlich gesagt. Aber ich finde das hier auch schon ziemlich toll!"

„Ach, das ist ein Date?", fragte ich und wunderte mich darüber, dass er Amerikaner war – sein Englisch klang so gar nicht muttersprachlich. Keine Ahnung, ob das ein Date war oder nicht. Aber es spielte auch keine Rolle.

„Ich bin übrigens Alex aus Kanada", sagte er irgendwann. Wir hatten uns stundenlang unterhalten, ohne zu wissen, wer wir sind.

„Kanada?" Ich schmunzelte. Sein Englisch klang harsch und irgendwie unnatürlich, nicht dass es schlecht war, aber ich hatte vermutet, er wäre Franzose.

„Montreal, die beste Stadt der Welt", antwortete er und grinste dabei so herzlich und ehrlich, dass ich ihm alles geglaubt hätte.

Dann wurde sein Blick ernst: „Lass uns schlafen gehen."

Lass uns schlafen gehen – was bedeutet das?, fragte ich mich und spürte, wie mein Herz ein bisschen schneller schlug. Wir rafften uns dazu auf, unsere angestammten Positionen auf dieser unglaublich bequemen Couch zu verlassen. Den ganzen Abend hatten wir so weit wie nur möglich voneinander entfernt gesessen und auf einmal standen wir einander direkt gegenüber. Ein wenig unbeholfen – das erste Mal an diesem Abend. Alex hatte zusammen mit seinem Kumpel Jessie ein privates Zimmer gebucht, das wusste ich bereits.

„Ich bin seit acht Wochen unterwegs, und ich liebe es auch, im Mehrbettzimmer zu schlafen. Aber jetzt brauchte ich doch mal ein bisschen Privatsphäre", hatte er erklärt, als ich ihm erzählte, wie sehr ich es liebte, in großen Schlafsälen zu übernachten. Er brachte mich zur Treppe, die hinauf zum Dachboden führte.

„Gut, ich denke, das war ein Date. Jetzt habe ich dich bis zu deiner Tür gebracht. War vielleicht nicht das verrückteste – aber ich fand es wunderschön mit dir, Luise."

Wir sahen uns an, ich stand auf der ersten Stufe der Treppe und war jetzt genauso groß wie er. Zum ersten Mal konnte ich ihn richtig sehen, irgendwer hatte das Licht im hinteren Bereich des Hauses angelassen und es schien blass auf sein Gesicht. Ich schaute ihn lange und neugierig an – bis:

„Ach, scheiß drauf!" – er mich an sich heranzog und küsste. Er drückte mich sanft gegen die Wand und hielt mein Gesicht zwischen seinen Händen und küsste mich noch immer. So leidenschaftlich, ich hatte nicht gewusst, dass das möglich ist zwischen zwei Fremden. Wir sagten nichts, gingen lautlos die kleine Holztreppe nach oben, legten uns mit unseren Sachen auf meine Matratze und küssten einander die ganze Nacht.

Als ich am nächsten Morgen aufwachte, war er weg, ich musste grinsen. Es fühlte sich an, als wären meine Wangen noch immer ganz warm.

„Los, Mädels, heute gehen wir mal raus!"

„Woher kommt deine Motivation, Luise?", fragte mich meine beste Freundin und guckte mich widerwillig an. Ich hatte den beiden nichts von Alex und der gemeinsamen Nacht erzählt. War mir allerdings sicher gewesen, dass sie es gemerkt haben mussten. Vor allem Franzi, da wir über ihren Fuß, den sie immer aus dem Bett hingen ließ, gestolpert waren und unsere Matratzen ja nur wenige Zentimeter voneinander entfernt auf dem Dachboden aufgereiht waren. Aber keine von beiden sagte etwas und so entschloss ich mich, diesen Zauber noch ein bisschen nur für mich allein zu behalten.

„Los, auf, auf! Gerade regnet es nicht so sehr."

In einer kleinen Hütte, nur wenige Meter von unserem Wohnhaus entfernt, besorgten wir uns drei Regencapes aus Plastik. Ein rotes, ein blaues und ein gelbes – wir schlüpften hinein und machten uns auf den Weg. Andrew hatte uns zuvor noch drei Wanderstöcke in die Hand gedrückt und empfohlen, nicht den höchsten Aussichtspunkt anzupeilen. „Mädels, das ist heute wirklich nicht sicher! Aber habt viel Spaß! Gestern habt ihr euch ja auch ordentlich die Bäuche vollgeschlagen, also los geht's! Das wird ein super Abenteuer." Er lachte und sollte recht behalten.

Es hörte nicht auf zu regnen, der Nebel wurde immer dichter, und wenn gerade keiner von uns ausrutschte und darüber fluchte, hörte man nur den Regen, der sanft auf die Kapuzen unserer Capes rieselte. Entgegen unserer Annahme, mehrere Stunden durchs Nirgendwo gewandert zu sein, kamen wir bereits gegen Mittag erschöpft wieder in der Unterkunft an – voller Schlamm, Tränen und nur noch zwei von uns mit Regencape. Ebenso wie die gesamte Reise war auch unsere Wanderung an diesem Tag anders verlaufen als geplant. Wir hatten uns verirrt und da wir uns auf keinen Weg einigen konnten, ließen wir uns einfach irgendwann erschöpft in den Schlamm fallen und heulten. Franzi schrie den Schmerz der letzten Wochen heraus und er schallte wider, traf uns alle drei. Wir warfen uns Vorwürfe an den Kopf und ins Herz und machten es uns mit dieser lange ausstehenden Aussprache wieder ineinander bequem, als ob man sich in einen frisch aufgeschüttelten Sitzsack setzt, drauf herumrutscht, bis man seinen angestammten Platz wiedergefunden hat.

Diese Kämpfe, solche, die man nur gemeinsam gewinnen kann, prägen uns so sehr, tun weh, am Ende aber immer nur gut. Wir haben die Freiheit, bewusst zu entscheiden, mit wem wir dieses Leben erleben wollen, wir suchen einander aus und während man das Beisammensein, die Freundschaft, die Zuneingung, das Vertrauen anfangs forcieren, aufbauen und vorschießen muss, wirft einen das Leben dann immer wieder zufällig zueinander. Vor allem dann, wenn man meint, das würde gar nicht mehr passen. Aber wir hatten uns dazu entschieden, es passend zu machen, weil wir wussten, dass wir zusammen besser sind als allein. Die Menschen, die uns umgeben, formen uns. Ich habe mir die beiden ausgesucht, ihren Einfluss auf mich, ihre Liebe für mich und ihr Nur-das-Beste-wollen, weil ich glaube, dass das Beste, das sie mir wünschen, tatsächlich auch das Beste für mich ist. Und falls ich das vergesse, will ich, dass sie mich daran erinnern.

Viel gab es nicht zu tun in Sa Pa, also entschieden wir, nach dem Abendessen Flaschendrehen zu spielen. Es hätte sich nicht mehr nach Ferienlager anfühlen können. „Der Nächste muss eine Person seiner Wahl küssen." Ich hatte immer noch nichts von Alex und mir erzählt. Ich wusste gar nicht, wieso. Aber der Tag hatte nur uns drei Freundinnen gehört und es tat gut, über nichts außer uns selbst zu sprechen.

Und gerade als ich das dachte, zeigte die Flasche auf ihn und eh ich auch nur irgendjemanden hätte vorwarnen können, stand er auf und küsste mich. Einfach so und nicht weniger intensiv als in der Nacht davor. Für einen kurzen Augenblick schien die Welt stehen zu bleiben. Ich schlug die Lider irgendwann wieder auf, blickte erst in seine beinah schwarzen Augen und dann in die erstaunten Gesichter der anderen. Alle schauten uns fragend an. Wir lachten und ich erzählte meinen Freundinnen auf Deutsch schnell von unserer letzten Nacht.

Sie kicherten. „Wow, ernsthaft? Du machst heimlich die ganze Nacht neben mir mit dem Kanadier rum und erzählst es nicht mal! Wir hatten doch wohl genug Zeit heute?"

Wir kreischten beinah vor lachen. Wir waren müde und glücklich – die wohl schönste Kombination von Gemütszuständen.

Einen Tag später reisten tatsächlich alle Gäste ab, das fühlte sich an wie damals, als wir alle gemeinsam als Familie am Morgen das Haus verließen, unserer Wege gingen. Der einzige Unterschied nur: Damals wussten wir, dass wir uns am Abend wiedersehen würden. Einige machten sich auf den Weg nach Hause und der Rest – das waren sieben von uns – zog gemeinsam weiter. Es ging zurück nach Hanoi, um dann von dort aus nach Cat Ba zu fahren. Die Anreise war mühselig und schien nie enden zu wollen: Stundenlang saßen wir auf klammen Ledersitzen in Großraumtaxen, warteten in der Finsternis eines Busbahnhofs unter den zwei flackernden Glühbirnen, froren in den uns vertrauten Liegen der Nachtbusse und fanden uns dann auf einer überfüllten Fähre wieder, mit der wir in den Sonnenaufgang durchs Nirgendwo fuhren. Letzteres klingt romantischer, als es tatsächlich gewesen ist. Wir waren übermüdet, unsere Nerven lagen blank und so saßen wir drei Mädels mit Sonnenbrillen im Gesicht, die vielmehr die Sonne vor unseren grimmigen Gesichtern schützen sollten, statt andersherum, auf dem kühlen Boden des Schiffs an unsere Rucksäcke gelehnt. Alex hockte sich neben mich, seine warme Schulter berührte meine und er setzte mir seine Kopfhörer auf, reichte meinen Freundinnen dann sein Smartphone und bat sie, ein Foto von uns zu machen und diesen Moment, der gar nicht so toll und trotzdem toll war, einzufangen und festzuhalten.

Das Hostel, das wir nach der fünfzehnstündigen Reise schließlich erreichten, hatten wir uns irgendwie viel schöner vorgestellt. Direkt am Strand, hieß es online. Offline bedeutete das aber, dass eine Schnellstraße noch zwischen dem Hostel und der kläglichen Anhäufung von Sandkörnern und Plastikmüll lag. Aber das machte uns nichts. Das machte unseren Aufenthalt dort nicht weniger romantisch. Weil es doch eben nicht um den Ort geht, sondern um die Menschen und da die aber an diesem Ort waren, also schließlich doch wieder darum. Und damit war alles gut.

Wir hatten zwei Vierbettzimmer gebucht und so würden meine besten Freundinnen und ich gemeinsam mit Alex im Zimmer schlafen. Er hatte immer wieder gefragt, ob wir uns nicht ein Zimmer nur zu zweit buchen sollten, es würde nicht viel mehr kosten. Aber diese Reise war eigentlich zu dritt geplant und immer wieder überkam mich das schlechte Gewissen, dass ich anfangs immer Ausschau nach neuen

Bekanntschaften gehalten hatte und jetzt plötzlich nur noch Augen für ihn hatte. Ich wusste, dass die beiden mir diese Begegnung von Herzen gönnten – und dass ich diese Liebesgeschichte mit ihnen teilen konnte, machte sie noch viel besonderer.

Wir wollten den letzten Tag, bevor wir zurück nach Hanoi und schließlich alle wieder zurück in unsere Heimatländer reisen sollten, an einem *richtigen* Strand verbringen. Die anderen liehen sich Motorräder aus, die Mädels und ich stiegen in ein Taxi. Am Strand angekommen gönnten wir uns eine Kokosnuss, rieben uns mit Sonnencreme ein und genossen die Stille in der einsamen Bucht, die uns ein anderer Reisender zuvor empfohlen hatte. Es war friedlich. Und ruhig. Das erste Mal, seit wir Alex getroffen hatten, waren wir zu dritt und obwohl ich es nicht erwarten konnte, seinen Blick wieder auf meiner Haut zu spüren, genoss ich es, nur die beiden an meiner Seite zu haben. Und ihr Grinsen. „Wow, was war das letzte Nacht? Wo wart ihr so lange? Ich bin irgendwann eingeschlafen."

„Wir waren am Strand. Wir saßen ziemlich lang einfach nur da und irgendjemand hatte sein Lagerfeuer zurückgelassen. Also haben wir die Sterne und die Glut angesehen und geredet. Wir lernten uns kennen."

„Weißt du eigentlich, wie schön das anzusehen ist? Dieses Euch-kennenlernen? Ich habe dich noch nie so gesehen. So glücklich, meine ich." Ihre braunen Augen guckten mich selig an. Sie glaubte an die Liebe und meine zynische Art seit meiner letzten Trennung hatte ihr nie gefallen. Aber ich war doch auch vorher glücklich. Mindestens genauso sehr, das dachte mein selbstbewusstes Ich, welches stets predigte, dass man vor allem mit sich allein glücklich sein sollte.

„Es ist nicht so, dass du vorher nicht glücklich warst", fuhr sie fort, als hätte sie meine Gedanken gelesen, „aber jetzt bist du verliebt. Und ich habe dich vorher noch nie so erlebt. Zumal man diese Zeit anfangs ja meistens nicht mit seinen besten Freundinnen erlebt, sondern nur zu zweit. Aber es ist wunderschön, das mitzuerleben, mitzufühlen, dabei zu sein. Das fühlt sich ein bisschen so an, als wäre man selbst verliebt. Vielleicht sogar besser, weil für mich die Zeit wahrscheinlich nicht ganz so schnell vergeht wie für euch."

Ich hatte die Augen geschlossen, jetzt sah ich sie an und platzte fast vor Glück.

„Du bist doch verliebt, oder?"

Ich nickte, grinste jetzt. „Ja, ich glaube schon."

Ganz genau in dem Moment, als die anderen mit ihren Motorbikes ankamen, parkte ein riesiger Reisebus direkt neben ihnen und eine Horde einheimischer Touristen stürmte auf den kleinen Strandabschnitt. Es war unfassbar, wie viele Menschen in einen einzigen Bus gepasst hatten und wie viel Lärm sie machen konnten. Wir bestellten uns Drinks an der kleinen Bar und schlugen unser Lager etwas weiter abseits der Menschenmenge auf.

„Komm mit!", rief Alex, stellte sich direkt vor mich, sodass er die Sonne in meinem Gesicht verdeckte, und griff nach meiner Hand.

„Du kannst aber auch nie länger als drei Minuten ruhig liegen bleiben, oder?", fragte ich – ein bisschen zu lächerlich, ein bisschen zu schnippisch, das sah ich in seinem Gesicht. „Es tut mir leid." Er drehte sich um und ging ins Wasser. Charly sah zu mir herüber, ich kräuselte die Lippen, stand auf und lief ihm nach. Ich wusste, wie glücklich sie über diesen kleinen Schritt, der für mich so vieles bedeutete, gewesen war. Ich holte ihn schnell ein, umarmte ihn von hinten und er tauchte im selben Moment unter. Ich lachte.

„Bin ich wieder zu kindisch?" Er klang noch immer merkwürdig verletzt. Merkwürdig, weil ich lange nicht die Macht, die Verantwortung gehabt hatte, einem Mann wehzutun.

„Lass uns weiter rausschwimmen!" Ich eilte los, selbst im Wasser tummelten sich etliche Menschen auf einmal. Ich muss mich unbehaglich umgesehen haben, denn er fragte: „Ist es dir unangenehm mit mir hier zwischen all den Menschen?"

„Was? Ich will einfach in Ruhe mit dir knutschen." Ich lächelte ihn an, fand die richtigen Worte nicht, das wusste ich, und hoffe, dass er trotzdem verstand.

„Ich will aber, dass alle sehen, was ich für eine wunderschöne Freundin habe."

Wir schauten einander an und sofort protestierte ich.

„Ich weiß", sagte er, bevor ich wieder irgendwas hätte erwidern können, das ihn verletzte. Aber das hatte ich bereits. „Ich weiß, dass du nicht meine Freundin bist. Das weiß ich sehr wohl. Ich weiß nur nicht, was du überhaupt von einem wie mir willst. Ich spiele einfach nicht in deiner Liga."

„Ist das dein Ernst?", fragte ich, küsste ihn und schaute ihn an. „Du bist das Beste, was mir seit einer kleinen Ewigkeit passiert ist. Du bist der beste Mann, der mir seit einer kleinen Ewigkeit begegnet ist. Und jetzt sagst du so etwas? Liga? Ernsthaft?"

„Luise, schau dich bitte mal an. Und dann mich. Und dann sag mir, dass du das nicht auch denkst."

„Hör auf! Ich finde das schrecklich, was du hier sagst. Wirklich, es ist das erste Mal seit fünf Tagen, dass du nicht das Richtige sagst. Und das ist okay! Aber: Du siehst scheinbar nicht den Alex, den ich sehe. Den sexy Kanadier, der schlau ist, der mich zum Lachen bringt, der alles an mir zu lieben scheint, ohne wirklich zu wissen, worauf er sich hier einlässt. Der so schlau ist und dazu noch —"

„Ich bin so unendlich glücklich gerade", unterbrach er mich. „Deine blauen Augen, oh Mann – ich halte das kaum aus, wenn du mich ansiehst."

„Ich habe grüne Augen!", kreischte ich, lachte lauthals und spritzte ihm Wasser ins Gesicht. „Wir gucken uns seit Tagen und Stunden in die Augen und du kennst meine Augenfarbe nicht."

„Luise! Hör auf! Jetzt bist du kindisch!"

Ich hörte nicht auf, ihn nass zu spritzen.

„Deine Augen sind blau, sie sind türkis, sie haben die Farbe des Wassers. Vertrau mir. Ich seh es ja jetzt in diesem Moment und hoffentlich noch lange, wenn ich meine Augen schließe."

Wir lagen im Bus Richtung Hanoi ganz hinten in der letzten Reihe. Die Fernreisebusse in Vietnam, die größtenteils von Reisenden genutzt werden, haben anstatt Sitzen kleine Kojen, in denen man liegen kann. Die letzte Reihe besteht aus fünf Liegen, die damit eher eine große

Liegefläche bilden. Ich habe ein paar Jahre später in Panama ein Pärchen getroffen, er war Brite und sie Schweizerin, die sich auf genau so einer Rückbank in Vietnam kennengelernt haben. Heute sind sie verheiratet. Damals schon hatte ich mich gefragt, wie viele verliebte Reisende hier wohl schon voneinander hatten Abschied nehmen müssen oder sich kennenlernten oder eben beides zugleich. Meistens passiert das ja zugleich – nicht nur auf Reisen, sondern auch immer sonst im Leben. Wenn man sich verabschiedet, auseinandergeht, sieht man die Rückansicht, das, was bleibt, das, was zurückgelassen wird, den letzten Eindruck. Wie das Ende eines Buchs, das man dann zuklappt und bedächtig über den Buchrücken streicht und anfängt zu verstehen.

Wir fuhren durch die Nacht – jetzt schon fühlte sich das nach Heimreise an. Es war dunkel, nur das spärliche Licht der Straßenlaternen guckte immer wieder kurz zum Fenster herein. Alle um uns herum schliefen. Ich wollte nicht einschlafen. Ich wollte das hier nicht enden lassen. Oder pausieren. Mein Kopf lag auf Alex' Brust, sein Atem wurde irgendwann tiefer und ich richtete mich auf. Ich schaute ihn an, fuhr mit meinen Fingerspitzen über sein schlafendes Gesicht: die Stirn, die zarte Nase, die langen Wimpern, den dunklen Bart. Er trug wieder eines seiner Tanktops. Was für ein riesiges Glück es gewesen ist, dass wir uns begegnet sind.

Irgendwann muss auch ich eingeschlafen sein – und als ich aufwachte, waren wir bereits angekommen. Der Bus stand still, Alex war gerade dabei, unsere Sachen zusammenzusuchen, und es fühlte sich so an, als ob ich das Ende eines Films verpasst hätte. Ich beobachte ihn dabei, wie er meinen Pullover fein säuberlich faltete und in seinem Rucksack verstaute, und fühlte mich dabei so geborgen und sicher, dass ich für einen Augenblick vergaß, dass wir Hanoi in unterschiedliche Richtungen verlassen würden und uns dann nicht nur die Entfernung, sondern auch die Zeit auseinandertreiben würde.

Wir verbrachten auch die nächsten und letzten zwei Tage unserer Reise zusammen.

Ich hatte nicht gewusst, wie viele romantische, liebevolle, ehrliche Momente man in so wenigen Tagen verbringen konnte. Manche Tage haben gar keine dieser Momente und andere dann so viele. Wie lang ist ein Moment? Während uns die wenige Zeit durch die Finger rann, ließ er jeden Augenblick besonders sein und hüllte mich in so viel Zuneigung, dass es beinah wehtat. So wie Hitze manchmal Gänsehaut macht. Er berührte mich so sanft und dabei so intensiv. Er sah hin und fühlte hin. Alles, was da war, nahm er und hielt es fest.

Alex und ich.

Es war Liebe.

Und Liebe habe ich bisher nicht oft gedacht, gesagt, gefühlt.

Der Abschied, morgens um 5:30 Uhr, war das Schmerzhafteste, was ich bis dahin erlebt hatte. Wir weinten. Ich weinte, bis wir, Charly und ich jetzt nur noch zu zweit, in Tokio landeten und ich dort irgendwann einschlief. Die erste Nacht seit einer Woche, seit einer kleinen Ewigkeit, ohne ihn.

So glücklich und unverhofft unsere Begegnung in Vietnam war, so unglücklich und unvorteilhaft (Das Internet hat mir gerade „beschissen" als Synonym ausgespuckt und ich empfinde das als sehr passend. Immer noch.) verlief alles danach: Ich bat ihn, nicht nach Europa zu ziehen, nachdem wir das wochenlang geplant hatten. Er hatte bereits einen neuen Job angenommen, um ein halbes Jahr von Deutschland aus arbeiten zu können. Und gerade als er den Flug buchen wollte, den ohne Rückflugticket, da bekam ich kalte Füße und es waren die Entfernung und seine Träume, die so realistisch klangen, wenn er von ihnen erzählte, dass sie mich einschüchterten und ich plötzlich nicht mehr ganz sicher war, ob das seine, meine oder unsere waren. Vielleicht war es die Tatsache, dass mir auf einem Festival ausgerechnet sein Tanktop geklaut wurde, mein Alter, die Angst vorm Alltag und dass dieser seinen Erwartungen nicht gerecht werden könnte.

Zwei Monate später hatte ich Geburtstag und auf dem Weg irgendwohin öffnete ich hastig den Brief, der aus Kanada genau an diesem Sommermorgen bei mir im Briefkasten gelandet war. Ich hatte seit Wochen nichts von Alex gehört und jetzt liefen mir die Tränen unaufhaltsam über das geschminkte Gesicht. Meine Mutter stand neben mir, nahm mir den Brief aus der Hand und wir setzten uns in den Garten auf die morsche Bank unterm Apfelbaum. Ich zog mir den Ring, der mit Klebeband auf das Briefpapier geklebt war, über den Finger. Er passte perfekt und strahlte mir türkisblau, in der Farbe des Meeres, meiner Augen entgegen. Meine Mutter legte mir einen Arm um die Schulter und wir schwiegen. Ich presste mir den festen Briefumschlag an die Brust und es roch ein bisschen nach Alex. Es fühlte sich an, als wäre er einfach hier in den Garten spaziert. Der so weit weg war von Vietnam und von Kanada, vielleicht genau in der Mitte lag. Aber er kam nicht.

Und würde auch nicht mehr kommen. Am Abend wählte ich seine Nummer. Es klingelte dreimal, bis er mich wegdrückte. Er habe den Brief vor Wochen abgeschickt und jetzt akzeptiert, dass ich ihn nicht will, schrieb er mir am Abend. Ich weinte bitterlich.

Alex und ich.

Affection.

Es war Liebe.

Also Liebe auf den ersten Blick, die gibt es. Liebe nach einigen wenigen Tagen, die gibt es. Und man darf das aussprechen. Wenn man nicht mehr Zeit hat, dann sollte man das sogar. Nur ihm habe ich das nie gesagt. Es tut nicht ganz so sehr weh, dieses Versäumnis, weil er es auch gefühlt hat. Das weiß ich. Und diese Gewissheit, die macht es erträglicher.

Alex, ich liebte dich.

GLÜCKLICH WAREN WIR IMMER AM MEER

AXEL – MARTINIQUE, FRANKREICH

Ich war todmüde. Der Flug von New York nach Martinique hatte zwar nur knapp fünf Stunden gedauert, allerdings war meine Nacht zuvor genauso kurz gewesen. Ich hatte nur wenige Stunden Zwischenstopp in meiner Lieblingsstadt gehabt, die mussten ausgekostet werden.

Auf die französische Karibikinsel zu fliegen, war eine überstürzte Entscheidung gewesen. Ich wusste, ich würde mich nicht weniger einsam fühlen, als ich es in einem Dezember in Deutschland auch getan hätte. Meine Reise nach Martinique war ein Weglaufen. Weglaufen vor Weihnachten, nur um dann doch ganz pünktlich nach Hause kommen zu können. Außer Atem, sodass sich mein Körper auf alles, nur nicht aufs Vermissen konzentrieren konnte. Die Hitze tat gut und der tägliche Französischunterricht in der Sprachschule, die ich in Fort-de-France besuchte, lenkte mich ab.

Was ich mir aber eigentlich von einer Karibikinsel erhofft hatte – das Gefühl von unerschöpflicher Lebensfreude und Leichtigkeit, wie ich es einige Monate zuvor auf Utila und Caye Caulker in Mittelamerika erlebt und gefühlt hatte –, wollte sich partout nicht einstellen. Ob das an meiner Stimmung oder tatsächlich an der unterschiedlichen Mentalität der Inselbewohner lag, weiß ich nicht. Es kam mir vor, als wäre ich von Europa nach Europa geflogen, und ich musste feststellen, dass sich Einsamkeit auch unter Palmen nicht weniger beschissen (tippt sich beim zweiten Mal schon viel leichter) anfühlte.

Diese Reise hätte eine der unspektakulärsten meines Lebens werden können, wenn sie nicht auch gleichzeitig der Beginn einer besonderen Freundschaft mit einem ganz besonderen Menschen gewesen wäre und so letztlich doch ganz genau ihren Zweck erfüllt hätte: sich weniger allein zu fühlen.

Eine freundlich aussehende Frau empfing mich, als ich auf Martinique landete, und direkt sprudelten mir französische Worte entgegen, als hätte ich eine Flasche Cola vor dem Öffnen noch mal kräftig geschüttelt. Ich sah sie fragend an und hoffte, dass es der Kater und die Müdigkeit waren, die mich kein Wort verstehen ließen. Sofort wechselte sie zu perfektem Englisch. Bloß gut! Die Haare auf ihrem Kopf waren kurz geschoren, ihre Highheels dunkelrot. Ich mochte sie auf Anhieb. Als mir die Sprachschule einige Wochen zuvor mitgeteilt hatte, dass meine Gastfamilie eine alleinstehende ältere Dame sei, war ich zuerst enttäuscht gewesen. Ich hatte mich auf Gastgeschwister gefreut, vielleicht jemanden in meinem Alter. Ich wollte das Familienleben in der Karibik kennenlernen und natürlich: mein Französisch verbessern. Aber jetzt war ich glücklich und sicher, dass die nächsten Wochen gut werden würden.

Wir rollten meine Koffer über den riesigen Parkplatz vorm Flughafengebäude und mit einem mir angsteinflößenden Tempo parkte sie aus und raste die Straßen der Stadt entlang. Ich krempelte mir die Ärmel meines Shirts nach oben und schaute aus dem Fenster: Aus Häusern wurden Palmen wurden Berge. Die sattgrüne Landschaft zog an uns vorbei, die Sonne ging unter und überzog sie mit orangegelbem Schimmer. Binnen weniger Minuten jedoch war es stockdunkel auf der Insel – als hätten die Zuckerrohrplantagen all das Licht einfach verschluckt. Bald fuhren wir langsamer, das lag aber vor allem daran, dass der kleine rote Polo mit dem steilen Anstieg der Straße, in die wir irgendwann abgebogen waren, zu kämpfen hatte. „Marie Denise wohnt ganz oben auf dem Hang, der Ausblick ist phänomenal."

Wieso spricht sie von sich in der dritten Form?, fragte ich mich, legte augenblicklich die Stirn in Falten, konnte meinen Blick aber nicht zu ihr wenden. So viele Eindrücke da draußen, ich konnte es nicht erwarten, die Insel in Farbe zu sehen.

„Ihr Haus ist wunderschön. Aber du wirst jeden Tag hier herunterlaufen müssen – und vor allem wieder hoch." Sie lachte. „Da unten ist die Fähre, die du dann nach Fort-de-France nehmen wirst, und vom Hafen dort sind es dann nur noch fünf Minuten zur Sprachschule. Alles kein Problem! Ma-De wird dir alles erklären."

Etwas zu schnell fuhr die Frau, die ich in diesem Moment noch immer für meine Gastmutter hielt (oder mir gewünscht hätte, sie wäre es), in die Parklücke, stellte den Motor ab, legte mir die Hand aufs Bein und lächelte mich an: „Da wären wir! Lass uns reingehen. Marie-Denise und Axel freuen sich, dich kennenzulernen."

Axel? Also wohnte doch noch eine weitere Person in dem Haushalt. Jetzt war ich verwirrt. Und da ich jetzt scheinbar nicht mal mehr der englischen Sprache mächtig war (meine Versuche, Smalltalk zu führen, waren kläglich gescheitert), lächelte ich einfach nur und stieg aus. Wird sich schon gleich alles aufklären, dachte ich und war damit, meiner Meinung nach, bereits in die karibische Gelassenheit eingetaucht.

Ich hatte zwei Koffer dabei. Sie waren wahnsinnig schwer und sperrig. Wir hieften sie den kleinen Weg, der über das Grundstück meiner Gastmutter verlief, hinunter. Auf der Terrasse stand eine Frau, die uns streng entgegenblickte und nicht den Anschein erweckte, uns helfen zu wollen. Ich zwang mir ein Lächeln auf die Lippen, murmelte: *„Bonsoir, Madame, je suis Luise"* und streckte ihr meine Hand entgegen. Sie schaute mich aufmerksam und eindringlich an, begrüßte mich dann doch herzlicher, als ich angenommen hatte, nachdem sie abwertend auf meine ausgestreckte Hand geschaut hatte, und machte dann eine lustige Bemerkung über mein Gepäck. Glaubte ich. Wirklich verstanden hatte ich sie auch nicht.

„Ab jetzt auf Französisch, okay, Luise?", sagte Michelle, die sich als eine Freundin meiner Gastmutter herausstellte und mich nur abholen sollte, und stieß mich mit dem Ellenbogen an. Meine Koffer standen verlassen auf der Terrasse, ein Gecko verschwand unter einem Lampenschirm und die beiden Frauen sprachen aufgeregt miteinander. Immer wieder fiel der Name Axel. Ich versuchte aufrecht zu stehen, meine Augen offen zu halten und einen guten ersten Eindruck zu machen.

Ma-De schaute mich beinah angriffslustig an und sagte: *„On y va!"* Genau wie Lamarana damals, nur mit einem anderen Ton, sodass ich mir direkt unsicher war, was es zu bedeuten hatte. *On y va* heißt „wir gehen"? Das heißt „Lass uns gehen"? Ich erinnerte mich an die Vokabel, wollte mir aber selbst nicht glauben, obwohl es das erste Französischsprachige war, was ich auf dieser Reise mit Gewissheit verstanden hatte. Wo gehen wir denn hin? Sie schob meine Koffer in den Wohnbereich ihres Hauses, schloss die Türen und schnappte sich ihre Handtasche. Ich trottete ihr hinterher. Das hier ist doch alles viel französischer, als ich erwartet habe, dachte ich.

Wir verabschiedeten uns von Michelle, sie drückte mich herzlich, wünschte mir eine wundervolle Zeit und fuhr davon, noch bevor ich wieder ins Auto gestiegen war (diesmal tatsächlich in das meiner Gastmutter). Ma-De gab Gas, ebenso rasant wie wir gerade gekommen waren. Langsam und deutlich erklärte sie mir, was wir vorhatten: Wir fuhren zu einem Hafen und mussten Axel suchen. Er hatte den letzten Bus verpasst, es fuhren keine Taxen mehr und sein Handy war scheinbar auch noch ausgegangen. Sie sah jetzt richtig wütend aus. Genervt. Ich stellte keine Fragen. Wir saßen einfach nur da und schwiegen, sie gab Gas und versuchte nebenbei immer wieder, ihn zu erreichen. Die Situation hätte unangenehm sein können, aber irgendwie fühlte sich das merkwürdig vertraut an. Es erinnerte mich daran, wie ich viele Male neben meiner wütenden Mutter durch die Straßen der Kleinstadt fuhr, in der ich aufgewachsen bin. Ma-De versuchte keinen Schein zu wahren, sie war sie selbst mit all ihren ehrlichen Emotionen. Sie versuchte nicht, nett zu sein oder zu lächeln. Sie war wütend, ehrlich, ohne jede Beschönigung, wütend und das imponierte mir.

Wir parkten irgendwann. Es roch nach Meer. Ich atmete tief ein. Die schmale Straße, die einfach irgendwann endete, selbst der Fahrstreifen schien überrascht darüber zu sein, war menschenleer. Weiter hinten ein paar Restaurants, es war still. Ich wusste gar nicht, wie spät es war. Zu spät, so viel stand fest. „Aaaaxel!", rief Ma-De plötzlich in die Nacht. Wir liefen weiter. Etliche schicke Boote lagen hier im Hafen. Die Gehwege waren gekehrt. Weit und breit sah ich keinen Sand, in den ich meine nackten Füße hätte stecken und ankommen können.

„Aaaaxel!" Wieder rief sie, diesmal noch lauter.

Wir schauten uns um und auch ich suchte – aber nach wem eigentlich? Ein alter Herr spazierte durch die Nacht. War das Axel? Ich schaute Ma-De unsicher an. Ich hatte mir keinen vernünftigen französischen

Satz zurechtlegen können und hatte dadurch also auch nicht in Erfahrung bringen können, wer Axel denn genau sei.

„Er ist nicht hier", sagte sie. „Wir fahren weiter."

„Okay, ja, na klar."

Ich nickte und eilte ihr hinterher. Ich kam mir albern vor. Ungelenk irgendwie. Ich wollte so sehr, dass sie mich mochte. Was ich aber von ihr hielt, schien ihr vollkommen egal zu sein. Wir fuhren eilig durch die Nacht, hielten an verschiedenen Ecken. Immer wieder rief sie. Und sie fluchte – bis ihr Handy klingelte.

„Axel?!"

Sie lauschte. Und dann redete sie in einer Tour auf ihn ein.

„He is at home."

Wir stiegen in den Wagen und fuhren nach Hause. Wir sprachen ein bisschen. Auf einmal war ich ziemlich wach und stellte endlich die Fragen, die ich mir die halbe Stunde lang vorher Wort für Wort zurechtgelegt hatte. Es stellte sich heraus, dass Axel mein Gastbruder war. Er ging zur selben Sprachschule wie ich, kam aus Belgien und würde mir morgen alles zeigen. Er war mit anderen Schülern unterwegs gewesen und hatte den letzten Bus verpasst. Er hatte dann, als sein Handy ausgegangen war, den Heimweg, ungefähr zehn Kilometer sind es vom Hafen bis zu dem prachtvollen Haus am Hang, zu Fuß angetreten und konnte irgendwann ein Auto anhalten, das ihn nach Hause brachte. Das hatte er ihr gerade am Telefon erzählt. Sie war immer noch sauer und müde, aber sie lächelte. Und sah dabei irgendwie erleichtert aus. Wieder erinnerte sie mich an meine Mutter.

„Ma-De, je suis très, très, très désolé! ..."

Ein junger Typ kam die kleine Holztreppe, die zu den oberen Ebenen des Hauses führte, herunter und sprach laut und nasal in die Nacht, die in das offene Wohnzimmer strömte, als Marie-Denise schwerfällig die große Holztür öffnete. Er will hier Französisch sprechen lernen? Er spricht es doch perfekt, dachte ich. Seine mandelförmigen Augen, die dunklen Haare, seine Stimme – mein Kopf versuchte sofort, ihn irgendwo einzuordnen: Herkunft, Alter, Sexualität.

Meine Gastmutter sah ihn streng an, musste dann aber grinsen. Sie mochte ihn, das merkte ich sofort und konnte meinen Neid gerade so herunterschlucken. Eine Katze strich um seine schmalen Beine, die in einer beigefarbenen Anzughose steckten, und er zog eine Flasche Rum hinter dem Rücken hervor: „Wir waren in dieser Destillerie, du hattest sie mir empfohlen, und dann ist irgendwie alles schiefgelaufen und dann hat es so doll geregnet und ja, den Rest der Geschichte kennst du ja. Aber hier: Diese Flasche Rum habe ich für dich gekauft", sagte er süß und küsste sie auf die Wange.

Ma-De schaute auf ihre Bar. Etliche Flaschen Rum standen da aufgereiht. Alle verschlossen. „Axel, das ist sehr nett. Aber ich habe genug. Keine Sorge, es ist ja jetzt alles gut. Ich werde nun aber schlafen gehen. Seid bitte leise. Wir sprechen dann morgen früh."

Und ohne einen weiteren Blick verschwand sie in ihrem Schlafzimmer. „Axel, zeigst du Luise bitte alles?", hören wir sie durch die dünnen Wände rufen.

„Du siehst echt fertig aus. Was hast du denn eigentlich an?" Axel zupfte verächtlich an meinem T-Shirt und rümpfte die Nase. Im nächsten

Moment hielt er bereits meinen Handgepäckkoffer in der Hand – wo war der andere? – und schleppte ihn in mein kleines Zimmer, das man über zwei schmale Treppen erreichte. „Das ist dein Zimmer, meins ist gleich nebenan. Also wenn etwas ist, sag Bescheid! Das hier ist unser Badezimmer. Und hier die Handtücher."

Ich atmete auf. Ein Bett! Mein Bett! Und mein Koffer daneben. „Ich muss mal auf die Toilette", sagte ich monoton. Ich musste seit Stunden hier gewesen sein. Als ich aus dem Bad kam, war Axels Zimmertür geschlossen. Leise huschte ich den kleinen Treppenabschnitt hinauf und ließ mich direkt auf mein Bett fallen, atmete laut aus und schaute mich um: eine Kleiderstange aus Bambus, ein schmaler, länglicher Tisch, eine der Wände war orangefarben gestrichen. Soll ich wirklich noch meinen Koffer auspacken, Zähne putzen und mich umziehen oder einfach so, wie ich bin, einschlafen?, fragte ich mich, als es an der Tür klopfte.

Axel steckte den Kopf durch den Spalt und sagte: „Ich freu mich, dass du da bist." Und eh ich mich's versah, kam er rein und schloss sanft die Tür hinter sich. „Darf ich mich hier zu dir legen?", flüsterte er, sein Kopf bereits neben meinem. „Ich bin ein bisschen betrunken. Ohje, Ma-De, war sie sehr sauer?" Er kicherte. Ein betrunkener junger Mann lag da in meinem Bett und nichts daran fühlte sich falsch oder merkwürdig oder grenzüberschreitend an. Ganz im Gegenteil: Diese Gastfamilie, die ich mir doch eigentlich so anders vorgestellt hatte, fühlte sich augenblicklich wie eine an.

„Ich glaube schon, aber sie mag dich."

Er stellte etliche Fragen, einfach so. Immer wieder kicherte er und steckte mich damit an. „Du bist so hübsch, Luise. Also, du siehst total fertig gerade aus. Wow, diese Augenringe. Und wie du da vorhin so in deinem viel zu großen T-Shirt standest. Ich dachte, was ist das denn für eine?" Er lachte – laut – und ich konnte Ma-De beinah schnaufen hören. Wir lagen da, streckten die Beine in die Luft und kicherten leise. „Okay, ich lasse dich jetzt mal schlafen", sagte er, als ich bereits die Augen geschlossen hatte. „Wir sehen uns dann morgen, ja? Das wird schön! Endlich muss ich nicht mehr allein zur Schule fahren."

Es war mir bis dahin nicht oft so gegangen, dass ich jemanden auf Anhieb mochte. Und ich auf Anhieb gemocht wurde.

Mein Wecker klingelte um kurz nach 7 Uhr, ich tapste verschlafen zum Badezimmer. Es war verschlossen. Axel duschte. Fünfzehn Minuten später hörte ich den Wasserstrahl noch immer plätschern. Marie-Denise hatte den Frühstückstisch gedeckt und als ich die Treppe hinuntergekommen war, hatte sie sich ihre Tasche geschnappt, mich gebeten, dass wir den Tisch abräumten, Axel würde mir alles erklären, und war verschwunden. Nun saß ich also am reich gedeckten Tisch und steckte mir eine Scheibe frische Ananas in den Mund. Der Himmel war noch grau, es war diesig und trotzdem bereits unfassbar heiß. Aber während ich hier saß, sich erst Ma-Des bunter Garten, Swimmingpool, dann das Dorf und schließlich das Meer vor mir wie ein Teppich ausrollten, als sich der Nebel langsam auflöste, konnte mir das nichts anhaben. Ich grinste.

„Wahnsinn, oder?" Axel legte mir seine schmale Hand auf die Schulter. Er hatte ein bisschen zu viel Parfum aufgetragen, seine Haare waren noch nass und nach hinten gekämmt, er trug eine Chino-Hose und ein kurzärmliges Hemd und goss sich Kaffee ein.

„Na, auch endlich fertig mit dem Schönheitsprogamm?", witzelte ich und wusste, dass ich ihn damit zum Lachen bringen konnte.

Er lachte und schaute mich dann ernst an, zog eine Augenbraue nach oben und konterte: „Ja, also, wenn ich dich so ansehe, dann kommen wir heute wohl zu spät zur Schule."

Wir frühstückten ausgiebig, scherzten herum, ich stellte einige Fragen über die Schule. Er erzählte und nebenbei tippte er wie wild auf seinem Smartphone herum. Ich beobachte, wie er einen Chat nach dem anderen öffnete und hektisch eine Antwort aufs Display hämmerte. Da fiel mir ein, dass mein Handy bereits im Flugzeug den Geist aufgegeben hatte und ich es seitdem auch nicht geladen oder gar eingeschaltet hatte. So chaotisch und skurril, wie der vorherige Abend auch gelaufen war, ich hatte nichts vermisst, hatte nicht das Bedürfnis, mich bei irgendwem zu melden. Ich war da, wirklich da. Seit jeher gelang mir das auf Reisen so viel besser als zu Hause.

Der Nebel hatte sich ganz zurückgezogen, der Himmel hing aber trotzdem noch tief über der Insel, als wir an diesem Montagmorgen durch das kleine Dorf zum Hafen liefen. Aus den Fenstern schauten uns neugierige Augen an. Ich hatte ein Notizbuch im Rucksack und hielt meine Sandalen in der Hand. Ich wollte unbedingt barfuß laufen – in der Karibik. Merkte aber schon nach wenigen Metern, dass der Asphalt hier genauso hart war wie zu Hause und dazu auch noch unerträglich heiß. Ich band mir die Schuhe also wieder zu und als ich mich aufrichtete, hielt mir Axel ein *Pain au Chocolat* entgegen, während er bereits genüsslich in seins biss, als wäre es das Erste, das er seit Wochen aß. Dass wir gerade erst reichlich gefrühstückt hatten, schien ihn nicht davon abzuhalten. Das war Axel – er ließ nie eine Gelegenheit aus, das Leben zu genießen. „Zu viel Genuss gibt es nicht", sagte er später mal zu mir und womöglich hatte er damit recht.

Auf dem kleinen weißen Boot, mit dem wir von da an für eine Woche gemeinsam und ich dann noch zwei weitere Wochen allein zur Hauptstadt übersetzten, war alles blitzblank und jeder saß stumm und mit gesenktem Blick auf seinem Platz. Es fühlte sich ein bisschen an wie in einem New Yorker U-Bahn-Waggon. Ich summte leise ein Lied.

Wir legten an und mussten direkt eine vierspurige Straße überqueren, es roch nach Benzin, Hitze und Sonnencreme. Die Fassaden der Häuser waren jetzt zwar bunt – pink und gelb und türkisblau, aber irgendwie schien das nicht zu passen. Es sah aus, wie wenn ich mir bunten Nagellack auf die Finger pinsele – zwar schön, aber irgendwie verkleidet. Davor tummelten sich etliche amerikanische Touristen, die ihre langgezogenen Wörter und weißen Bäuche durch die schmalen Gassen der Stadt zogen und schoben. Wir flüchteten in die Sprachschule, die im ersten Stock eines himbeerfarbenen Hauses lag.

Die Tage auf Martinique vergingen zäh, beinah klebrig. Die Hitze machte mir mehr zu schaffen als sonst, auch wenn ich die meiste Zeit des Tages in dem kleinen, kühlen Raum der Sprachschule verbrachte, der mit seinen Neonröhren und weißen, kahlen Wänden so gar nicht zu meiner Vorstellung von diesem Ort passen wollte.

Am späten Nachmittag erst waren wir zurück auf unserer Terrasse. Die Sonne ging schnell unter und dann legten sich die Dunkelheit und das Zirpen der Grillen über die Insel. Wir aßen zu Abend und während Ma-De und Axel auf Französisch über Politik und Klima und das Leben diskutierten, schaltete ich meistens nach wenigen Minuten ab und ließ meine Gedanken schweifen. Auf Deutsch.

Die erste Schulwoche war vorbei, es war Freitagabend und ich lag in meinem Bett, starrte die Decke an, das Aufgabenheft lag aufgeschlagen neben mir. Diese Reise war anders als meine letzten Abenteuer. Sie war anstrengend und herausfordernd. Nicht, dass das andere Reiseziele nicht auch gewesen wären – vielleicht hatte ich zu viele Erwartungen. Vielleicht war die Erwartung, ein Ort könne meine Einsamkeit lindern, zu groß gewesen. Die Leere und Orientierungslosigkeit, die mich plagten, verfolgten mich bis hierher. Wann immer ich sonst in der Karibik gewesen war, wurden alle Sorgen von lauter Musik übertönt oder ich hatte sie während langer Nächte irgendwie, ganz unbemerkt verloren. Als ich in Honduras mit Seekühen durch das türkisblaue Wasser getaucht war, wirkten meine alltäglichen Probleme daneben so klein, dass sie direkt verschwunden waren. Diesmal hatte ich sie nicht abschütteln können – oder wollen?

„Sollen wir ein bisschen spazieren gehen? Ma-De schaut die Nachrichten und mir fällt hier die Decke auf den Kopf."

Wie jeden Abend steckte Axel auch an diesem seinen Kopf durch meine Tür. Nur diesmal kam er nicht herein. Ich raffte mich auf, ihm zuliebe und weil ich bis auf die Unterrichtsräume bisher nicht viel von der

Insel gesehen hatte. Wir liefen durch den Garten und dann den Hang hinab. Bis zu dem kleinen Hafen, an dem wir jeden Morgen die Fähre zur anderen Seite der Bucht nahmen.

„Sollen wir uns hier hinsetzen?"

Wir saßen da, für einen Moment war es ganz still. Das Wasser schlug sanft gegen das Hafenbecken, als würde es uns zum Tanzen auffordern wollen. Ich hatte Axel auf dem Weg von ihm erzählt, von dem Mann, der mir die letzten zwei Jahre immer wieder das Herz gebrochen hatte, und wie er es getan hatte und wieso das überhaupt möglich gewesen war. Ich erzählte ihm von meiner ersten großen Liebe und von belanglosen Flirts. Ich war in Redelaune gekommen und Axel stellte immer wieder Fragen, sodass wir gemeinsam durch mein bisher stürmisches Liebesleben segelten. Er schaute mich mit seinen großen mandelförmigen Augen an und es tat gut, wieder über ihn reden zu können, mich in Details zu verlieren, ohne dabei die genervten und besorgten Gesichter meiner Freundinnen sehen zu müssen. War ich noch immer nicht über ihn hinweg?

„Wow, das ist so traurig schön. Er ist verrückt, wenn er sich nicht für dich entscheidet", sagte Axel, legte mir seine warme Hand an die Wange und meinte es so. So liebevoll, so warm.

So fühlt sich das vielleicht an, einen Bruder zu haben, dachte ich.

Und dann wurde ich still. Ich hatte keine Worte mehr übrig und das gleichmäßige Treiben des Wassers beruhigte mich. Nicht noch eine meiner verrückten, lustigen Dating-Geschichten, die in ihrer Summe einfach nur genau das waren, wovor ich weggelaufen war. Jetzt hatte es mich wieder eingeholt.

Irgendwann, als wir genug Stille die Traurigkeit und meine Wunden umhüllen lassen hatten, fing Axel an zu sprechen. Einfach so, ohne mich anzusehen. Er blickte auf das Hafenbecken, in dem sich die gelben Lichter der Straßenlaternen spiegelten, als würden sie einen Tanz einstudieren, und seine Stimme klang anders als sonst. Während er sonst immer laut und schnell und aufgeregt, wild gestikulierend erzählte, war er jetzt ruhig, beinah andächtig.

„Jeder fragt mich immer, ob ich schwul bin." Er lächelte erschöpft.

„Ich frage dich das nicht, ich weiß das", sagte ich frech, grinste ihn an, wohlwissend, dass er mir den Satz nicht übel nehmen würde. Wir hatten bereits jetzt, nach nur fünf Tagen, eine so enge Verbindung. Zwischen uns war vom ersten Moment an Raum für alles: für Ehrlichkeit und Neckereien, für Sorgen und Träume. Er lachte und klang dabei noch ein letztes Mal an diesem Abend so leicht und unbeschwert wie sonst – so, wie sich Karibik für mich bisher immer angefühlt hatte – und verschluckte sich an seiner Cola.

„Nein, ernsthaft, Luise. Ich weiß das aber nicht", sagte er ernst. Glasige Augen. Ich sah ihn nach Luft ringen. Seine langen, dunklen Wimpern zitterten, wie Arme, die wild ruderten, nach irgendetwas zum Festhalten suchend.

Ich streckte meine Hand nach seiner aus und hielt ihn fest. „Okay, das ist okay."

„Ich muss dir etwas erzählen. Ich will dir von meinem Marcus erzählen. Er heißt Peeter. Ich glaube, die beiden sehen sich sogar ähnlich: Peeter ist groß, muskulös seit ein paar Jahren, hat blonde kurze Haare und blaue Augen. Wir kennen uns seit ... seit immer, irgendwie. Es gibt keine

Erinnerungen an davor – also gibt es auch keins. Wir haben alles zusammen gemacht und erlebt. Wirklich alles: Ferienlager, das erste Mal betrunken sein, Prüfungsphasen, Festivals – und zwischendrin sind wir irgendwie erwachsen geworden. Meine Eltern lieben ihn, ich habe mindestens zweimal pro Woche bei seiner Familie zu Abend gegessen. Und dann war da dieser unvergessliche Urlaub in Italien. Es ist immer lustig mit Peeter. Meistens haben wir auch beieinander übernachtet, die ganze Nacht gequatscht, jeden Gedanken geteilt. Alles. Einfach alles. Wir haben immer zueinander aufgesehen und waren damit auf Augenhöhe. Er ist mein bester Freund. Wir sind eine Familie."

Wieso sagen wir „Sie gehört zur Familie", wenn wir einer besonders engen Freundschaft Ausdruck verleihen wollen? Als wäre Familie die Superlative von Freundschaft. Und ist es nicht doch vielleicht andersherum? Axel ist mein Freund und ich finde das wunderschön. Weil Freundschaft Beständigkeit und Kraft und Augenhöhe bedeutet (für mich) und dass ich mein Leben, meine Liebe, meine Freude und mein Leid mit dir teilen will – wegen dir und wegen dem, was du bist, nicht allein wegen dem, woraus du gemacht bist.

„Familie ist alles", hat eine Freundin einmal zu mir gesagt und es so gemeint. Und dann schaue ich durch die Reihen der Menschen, mit denen ich mein Leben verbringe, und sehe so viele Schlachtfelder hinter ihnen oder Land, das lange brachliegt, Enttäuschung, verlorene Geschwister und Väter, von denen man nicht mal die Rückansicht kennt. Auch für mich hat sich Familie oft (nicht immer zwar, aber eben oft) wahnsinnig schwer angefühlt. Die Momente, in denen wir schweigend nebeneinander im Auto saßen und nicht wussten, worüber wir spre-chen sollten. Wir hielten die Münder und Augen und Herzen lieber ge-schlossen, weil wir erstickt wären an all dem Schmerz, der zwischen uns waberte. Heute telefonieren wir nur noch gelegentlich, weil wir hoffen, dass man Enttäuschung ebenso wenig wie Gerüche durchs Telefon riechen und spüren kann.

Andererseits waren da meine Mutter und meine Schwester, die ich aber nie als Familie bezeichnet habe, sondern eben als „wir drei": meine Mut-ter und meine Schwester und ich. Das war so selbstverständlich, dass es keine Bezeichnung brauchte, und das war und ist mir so heilig, dass ich niemals irgendetwas damit vergleichen oder gar gleichsetzen würde. So oder so glaube ich: Familie gegen Freundschaft auszuspielen, ergibt keinen Sinn.

Er schluckte und ich rückte, beinahe unmerklich, noch ein Stück näher an ihn heran.

„Und dann war da diese eine Nacht, die alles verändert hat. Sie begann wie jede andere auch. Wir aßen gemeinsam zu Abend, wir tranken ein Bier und sprachen über die Party des vergangenen Wochenendes und die des nächsten. Wir haben stundenlang Computerspiele gespielt. Keine Ahnung, es war wirklich ein ganz normaler Abend. Du glaubst gar nicht, wie oft ich jeden Augenblick gedanklich durchgegangen bin, wieder und wieder, um herauszufinden, ob doch irgendetwas anders gewesen ist als sonst. Ich habe bei ihm übernachtet, weil es schon so spät gewesen ist und aus dem einen Bier mehrere wurden. Wie immer eben. Nur dann – wir hatten schon unsere Pyjamas an und wollten gerade schlafen gehen – haben wir uns geküsst. Ich weiß nicht, wie es dazu kam. Wir haben uns einfach geküsst. Es ist nicht so, dass ich ihn oder er mich geküsst hat. Wir haben tatsächlich einander geküsst."

Er guckte mich an, als würde er eine Reaktion von mir erwarten. Ich schaute Axel in die Augen und wusste, dass er noch nicht fertig war, dass da noch einige Worte und Gedanken und Gefühle in ihm waren, die ausgesprochen werden wollten.

„Und: wow! Das war ... also, das war großartig."

Sie hatten sich nicht einfach nur geküsst, das war nicht einfach so oder aus Versehen passiert. Sie hatten einander geküsst und gespürt. Und dann öffneten sie irgendwann beide die Augen und legten sich in ihre Betten. Also Peeter in sein Bett und Axel auf die Luftmatratze am Boden. Alles wie immer eben. Sie redeten nicht darüber, die Lichter waren bereits ausgeschaltet und Peeter schlief bald ein. Und alles – war okay. In diesem Moment war alles okay. Axel war so glücklich, dass das so unerwartet passiert war. Es war ja nicht so, dass sie das geplant hatten oder hatten kommen sehen. Überhaupt nicht. Es war eben passiert. Axel machte sich eigentlich gar nicht viele Gedanken dazu in diesem Augenblick. Er lag einfach da und grinste – so wie man nach einem richtig guten Kuss eben grinst. Also der Kuss war toll. Sie waren beste Freunde. Waren sie davor und danach ganz genauso. Eigentlich.

Es änderte sich danach auch nicht direkt etwas. Das geschah dann irgendwie so schleichend. Vielleicht hätten sie darüber sprechen sollen, aber sonst hatten sie sich doch auch immer ohne Worte verstanden. Sie hatten nie gesagt, dass sie es niemandem erzählen dürfen

– aber nur: weil das auf der Hand lag, eine stumme Übereinkunft, wie so vieles zuvor.

Ein paar Wochen danach fing Peeter an, sich ihm gegenüber anders zu verhalten. Er zog sich zurück. Er ging nicht mehr mit den anderen aus, blieb meistens zu Hause. Er lernte viel, er musste. Ihm lag das alles nicht so und sie standen kurz vor ihren Abschlussprüfungen. Er musste wirklich lernen. Aber Axel kannte Peeter besser als sich selbst und wusste, dass etwas nicht stimmte. Und dann traf er Peeters Cousine auf einer Party und sie fragte, was denn los sei, und dann erzählte er ihr von dem Kuss – es sprudelte einfach aus ihm heraus, er hatte nicht nachgedacht.

Beim Familienessen erzählte sie die Geschichte. Sie erzählte es einfach – vor allen. Axel war auch da. Peeters Tanten und sein Vater. Alle hörten es. Sie erzählte es beiläufig und lachte. Sie lachte und Axel lachte auch, weil er nicht wusste, was er anderes tun sollte. Und er spürte, wie etwas von ihnen zerbrach. Peeter sah ihn nicht an. Er sah seinen Vater an, der ihn aber keines Blickes würdigte. Und seine Cousine lachte noch immer. Axel wurde nur noch freundlich verabschiedet an diesem Abend – und das war's.

Funkstille.

Er traf Peeters Eltern ein paar Wochen später beim Bäcker. Der Vater nahm ihn gar nicht wahr. Der Mann, der die letzten zehn Jahre auch wie sein Vater gewesen war, sah ihn nicht mehr an. Die Mutter blickte ihm in die Augen, sanft immer noch, aber auch sie sagte nichts.

Er hätte zusammenbrechen können in dieser Bäckerei, schaffte es aber gerade noch so nach Hause.

Peeter rief nicht mehr an. Er antwortete nicht auf Nachrichten. Axel wollte ihn in den Arm nehmen, sich entschuldigen und ihm sagen, dass doch eigentlich alles okay war.

Irgendwann klingelte er einfach an der Tür. Peeters Mutter machte die Tür auf, langsamer und skeptischer, als wäre er ein Fremder, obwohl am Türrahmen die Striche waren, mit denen sie gemessen und verglichen hatten, wie groß die Jungs geworden waren. Axel ging die schmale Treppe hinauf, langsamer und skeptischer als sonst, klopfte an der Zimmertür und trat ein. Es war das erste Mal, dass er an Peeters Tür klopfte, sie dann öffnete und trotzdem nicht wirklich hereinkommen konnte. Peeter lag im Bett, nur in Unterhose. Er sah müde aus. Die Prüfungen waren vorüber und Axel wusste, dass er alle bestanden hatte. Nicht besonders gut, aber er hatte sie bestanden immerhin.

„Was willst du? Ich werde dich nicht küssen oder so", hatte Peeter schroff gesagt.

„Ich weiß doch. Ich will dich auch gar nicht küssen."

„Okay!"

Er setzte sich dann zu ihm und sie spielten Computerspiele.

Sie hatten nie wieder darüber gesprochen – bis jetzt. Das war alles. Axel hatte auch sonst nie wieder mit jemandem darüber gesprochen. Diesen Fehler würde er nicht wieder begehen, sagte er und dass er sich das geschworen hatte. „Und deswegen tut es gerade so gut, dir all das erzählen zu können, Luise. Also, ich liebe Peeter. Aber nicht so. Ich liebe ihn einfach. Und der Kuss war toll. Aber das war's auch. Das weiß ich."

Axel standen die ganze Zeit über Tränen in den Augen, das ließ sie noch etwas größer aussehen.

„Wieso? Weißt du, wie das alles für mich klingt?"

Ich reagierte einen Moment zu schnell. Er sah geschafft aus. Müde.

„Ihr liebt euch. Ihr gehört zusammen. Aber ihr seid jung und das braucht Zeit. In so einem kleinen Dorf und mit so einem Vater ist es nicht einfach, sich das einzugestehen."

„Ich glaube auch, dass Peeter schwul ist. Ich glaube das wirklich. Ob wir als Paar zusammengehören, ich weiß es nicht. Keine Ahnung. Ich weiß, dass es keine Option ist. Für Peeter ist es keine Option, bin ich keine Option. Aber ich weiß für mich: Ich liebe Menschen. Keine Ahnung, man nennt das ja bi oder pansexuell oder wie auch immer. Ich habe mit Frauen geschlafen und finde sie toll. Und Peeter und ich, wir haben uns geküsst. Ich habe vorher noch nie einen Mann angefasst, auf diese Weise. Aber das spielt auch keine Rolle. Für mich spielt das wirklich keine Rolle: Mann oder Frau. Angucken, Anfassen, Küssen, Sex. Das ist am Ende doch alles total egal. Das Gefühl zählt. Liebe zählt."

Er schaute mich an. Immer noch geschafft. Aber sicher.

„Ich habe einfach so Angst, dass Peeter das niemals empfinden wird. Diese tiefe Liebe. Weil er sie nicht zulässt. Und deswegen habe ich nämlich auch an Peeter denken müssen, als du von Marcus erzählt hast. So viele Menschen haben Angst vor der Liebe. Weil Liebe für sie irgendwie Schmerz bedeutet – und ja, Liebe kann verdammt wehtun. Aber du musst bereit sein, dieses Risiko einzugehen, wenn du wirklich Liebe empfinden willst. Und deswegen ist dieser Marcus verrückt, weil er sich nicht traut und weil er mit all der Vorsicht und all den Bedenken und Ängsten das Großartigste auf dieser Welt versäumt."

Ich habe noch nie zuvor jemanden so sicher und ehrlich und aufrichtig über Liebe sprechen hören. Nicht Sexualität, sondern: Liebe. Wir saßen nicht irgendwo bekifft in einer Studenten-WG, da war kein Pseudo-Hippie-Lagerfeuer am Strand oder ein anonymes Forum –
wir saßen hier an diesem Hafen.
Zwei Fremde.
Ich und ein junger Mann, der mir Liebe beibrachte.

„Den kriegst du niemals zu", sagte ich grinsend, lehnte lässig am Türrahmen, wäre aber am liebsten in Tränen ausgebrochen. Axel lag bäuchlings auf seinem Koffer, eine der Flaschen Rum rollte über den knarrenden Holzfußboden direkt vor meine Füße.
„Okay, diese Flasche muss ich entbehren – kannst sie dir schon mal aufmachen. Wirst du brauchen, wenn ich jetzt weg bin und du mit keinem mehr reden kannst, weil du niemanden verstehst", neckte er mich.
Ich setzte mich auf seinen Hintern und mit vereinten Kräften und vereintem Gewicht schafften wir es, die letzten Zentimeter des Reißverschlusses seines Koffers zuzuziehen. „Okay, jetzt der noch!" Hinter dem Doppelbett in Axels Zimmer lag ein weiterer Koffer.
„Okay, Prinzessin. Wie lange warst du noch mal hier? Drei Jahre?"
Wir lachten laut und herzlich und dann fiel er mir um den Hals.
„Scheiße, ich werde dich vermissen."

WEIHNACHTEN – DER BALANCEAKT, ZWISCHEN DEM SICH-DARAN-ERINNERN-WOLLEN,
WER WIR WAREN, UND ENDLICH-VERSTANDEN-WERDEN, WER WIR HEUTE SIND.
DAS FÜHLT SICH MANCHMAL AN,
ALS WÜRDE ICH NEBEN MEINEM JÜNGEREN ICH
AM TISCH SITZEN UND NICHT MEHR GANZ
AUF MEINEN ANGESTAMMTEN PLATZ PASSEN.

WEIHNACHTEN – DER ERBITTERTE KAMPF MIT UNS SELBST,
IN AUGEN STATT AUFS DISPLAY ZU GUCKEN.
OBWOHL EINEN DAS DOCH SO VIEL BESSER VERSTEHT, SPIEGELT, ZUNICKT.

WEIHNACHTEN – DAS AUFEINANDERTREFFEN VON ERINNERUNGEN UND ERWARTUNGEN

WAS WIR NEHMEN / SANDBANK

BAHARESA — PAJE, SANSIBAR

Es gab kein Gepäckband am Flughafen von Sansibar. Jeder Koffer und jeder Rucksack wurde einzeln aus dem Flugzeug gehoben, auf einen Wagen gepackt und dann mussten die ungeduldigen europäischen Touristen – einer nach dem anderen – ihren Besitz mit dem kleinen weißen Schnipsel nachweisen, der in Europa auf jedes Ticket geklebt worden war. Es gab keine Klimaanlage, nur ein paar wenige Ventilatoren. Es war unerträglich heiß.

Ich setzte mich auf eine Holzkonstruktion, als ich merkte, dass das hier länger dauern würde. Bisher hatte ich es nur auf Martinique und in Guinea erlebt, dass Reisende nicht einfach mit irgendeinem, vermeintlich ihrem, Gepäckstück den Flughafen verlassen durften. Ich trank den letzten Schluck aus meiner Wasserflasche, knotete mir mein Fußkettchen ums Gelenk, wie ich es immer tat, wenn eine Reise begann, und wischte mir dann den Schweiß von der Stirn. Ein Koffer nach dem anderen wurde herangetragen oder herbeigerollt, weit und breit sah ich keinen Backpacker – Sansibar, wohl nicht das klassische Ziel für eine Rucksackreisende.

Als ich mir irgendwann meinen schwarzen Backpack auf den Rücken schnallte, verließ ich den Flughafen, der von außen noch ein bisschen unbehaglicher aussah als von innen, und musste augenblicklich grinsen: so viele freundliche Gesichter, etliche Schilder und ein paar verwirrte, verschwitzte Touristen auf der Suche nach ihrem Fahrer. So ungefähr muss auch ich ausgesehen haben. Als ich meinen Namen auch nach mehrmaligem Schauen auf keinem der handgeschriebenen Schilder finden konnte, setzte ich mich unter den einzigen Baum, atmete tief durch und versuchte mich in Geduld und Vertrauen zu üben. Die

Hitze betäubte mich und entgegen der Hoffnung, dass hier draußen vielleicht ein Lüftchen wehen würde, fühlten sich die Temperaturen beinahe noch drückender an. Ich setzte meinen Rucksack wieder ab, streckte meine Beine, meinen Rücken und wurde nervös, weil das Shuttle, das ich mir bereits von zu Hause aus online gebucht hatte, noch immer nicht eingetroffen war – meine Leichtigkeit und Zuversicht, mit der ich früher einfach immer nur ein Flugticket und sonst absolut nichts gebucht hatte, waren mir während der letzten zwölf Monate, die ich nicht unterwegs gewesen war, irgendwie abhandengekommen.

Kerzengerade saß ich auf dem Kunstlederbezug hinter den verdunkelten Scheiben. Die Fahrt würde ungefähr neunzig Minuten dauern, auch das hatte ich vorher online nachgelesen. Etliche Fragen schwirrten mir durch den Kopf, die ich dem Fahrer stellen wollte. Neugierig beobachtete ich ihn über den Rückspiegel. So viele Monate hatte ich darauf gewartet, endlich wieder jemand vollkommen Fremden kennenzulernen, und ich wusste, dass dieser Mann einer der Menschen war, die ich so sehr vermisst hatte. Doch die Müdigkeit überwältigte mich schließlich und so schlief ich, den Kopf gegen die Fensterscheibe gelehnt, ein.

Ich wachte auf, als die Fahrt holpriger wurde. Neugierig kurbelte ich das Fenster herunter, schaute nach draußen und – ich weiß nicht, was ich erwartet hatte oder warum ich mich vorher auf alles, aber nicht die Lebenssituation der Menschen vorbereitet hatte – es roch nach Guinea. Die Hitze drang ins Innere des Fahrzeugs, ich legte die Stirn in Falten, Erinnerungen glichen der Realität: Wellblechhütten, nackte

Kinderfüße auf dreckigen Straßen, zerrissene Kleider. Und sie wink-
ten. Ich schluckte. Mich überforderte der Moment und ich wünschte, ich könnte aussteigen aus diesem viel zu großen Auto, in dem ich
ganz allein saß. Ich wollte in einen Bus oder nach Hause oder nach
Guinea, Hauptsache raus hier. Der Mann hinterm Steuer lächelte mich
beruhigend an. Wir würden noch eine Weile brauchen, ich solle mich
ausruhen, sagte er und ich nickte.

Der Van hielt an. Wieder setzte ich mir meinen Rucksack auf und versuchte, die Schiebetür des Wagens zu öffnen – der Fahrer kam mir
zuvor und ich merkte, dass ich ihn nicht mal nach seinem Namen gefragt hatte. Ich holte das nach, ohne weiter nachzudenken, grinste ihn
an und er hielt mir seine Hand hin. Ich schüttelte sie, er wollte mir
aus dem Auto helfen. Es war wahnsinnig hell, ich kniff die Augen zusammen und setzte meinen Fuß auf eine Mauer, die nie fertig gebaut
worden war. Wenige Meter von mir entfernt saß eine Familie um ein
kleines Feuer, darüber ein Topf. Sie sahen mich neugierig an, das kleine Mädchen kicherte, die Frau drehte sich weg und der Mann nickte
mir müde zu. Frisch gewaschene Wäsche hing über einem schmalen
Seil überall verteilt und bildete die einzigen Mauern ihres Zuhauses.
Ein Dach gab es nicht.
Haji wies mir den Weg zum Hostel.
„*Karibu!*", sagte er und winkte mir zum Abschied.

Ich öffnete das Metalltor und trat in den Innenhof des Hostels, das
auf den ersten Blick mehr einem Hotel glich. Im türkisfarbenen Pool

spielte eine Familie, da waren ein paar Sonnenliegen und üppige Balkone hingen am oberen Geschoss des Gebäudes. Ich nickte den Anwesenden zu, wollte nicht, aber konnte nicht anders, als enttäuscht zu sein – ich hatte es so sehr vermisst, durch eine Tür, einen Gang, über einen Steg zu gehen und damit in eine Gruppe zu stolpern, die sich vom ersten Moment an wie zu Hause anfühlt. Auch das Achtbettzimmer, das ich mir für diese Reise gebucht hatte (Ich wähle immer das größtmögliche *Dorm*, mein Rekord bisher: zweiunddreißig Betten in einem Raum und ehrlich? Er war gar nicht schlimm!), hatte ich mir anders vorgestellt. Nachdem mein erster Eindruck vom Hostel eher ernüchternd war, wäre ich beim Betreten des Schlafsaals am liebsten in Tränen ausgebrochen: Er war leer. Das einstöckige Zimmer beherbergte nur einen weiteren Rucksack. Die zwei Stockbetten auf der unteren Ebene waren leer, die sechs Spinde klafften offen und gafften mich schadenfroh an. Ich lief die Treppe mit den riesigen Stufen hinauf und sah den Rucksack da liegen: Er war gigantisch groß, schnittig und praktisch. Im Badezimmer stand ihre elektrische Zahnbürste, ein sportlicher Bikini hing auf der kleinen Bambusleiter, die neben dem Spiegel an der Wand lehnte.

Ich schlüpfte in meine gelbe weite, fröhliche Hose und nahm dann den kleinen Trampelpfad durch eine künstlich angelegte Hotelanlage Richtung Strand. Meine nackten Füße schmerzten – vom langen Flug, von den kleinen Steinen auf dem Weg. Seit genau achtzehn Stunden war ich jetzt unterwegs und mit jedem Schritt gelangte ich ein Stück mehr zurück in eine Zeit, die irgendwann letztes Jahr abrupt geendet hatte.

Ich begrüßte ein paar Leute von der Surfschule, war aber zu fasziniert von der friedlichen Stimmung des endlosen, menschenleeren Strandes. Sanft umhüllten mich die Farben des Meeres. Ich setzte mich ein paar Meter weiter, vergrub die Zehen im Sand und schloss friedlich die Augen. Atmete tief ein und es fühlte sich an, als würde ich eine alte Freundin endlich wieder in die Arme schließen können und gerade erst jetzt bemerken, wie sehr ich sie doch vermisst hatte.

Ich verbrachte den ganzen restlichen Tag allein – und obwohl ich darüber am Anfang enttäuscht gewesen war, war es genau das, was ich gebraucht hatte. Ich saß einfach nur im Sand und blickte aufs Meer, das den Nachmittag über in grellem Türkis vor mir lag und später hellblau, pfirsich-, fliederfarben und schließlich pechschwarz wurde. Um mich der Sand, das Wasser, der Himmel. Meine Sandalen hatte ich irgendwo stehen gelassen, die Beine im Schneidersitz, meine Lippen schmeckten salzig, fühlte ich mich erleichtert. Abstand kann man auch aus der Nähe gewinnen, aber mir fiel es schon immer leichter, mich selbst und mein Leben, wie es ist, aus der Entfernung zu betrachten – buchstäblich aus der Entfernung. Ich hatte etwas verloren – viel mehr als meine Leichtigkeit (als wäre das nicht genug) – und an diesem Abend fühlte es sich an, als hätte ich ein Stück davon ganz unverhofft wiedergefunden. Dieses Gefühl, wenn man eine neue Reise beginnt – noch ist die Haut blass, die Augen müde von der Anreise, die Kleider noch fein säuberlich zusammengelegt und im Rucksack sortiert. Aber morgen schon würde sich das alles ändern. Morgen werde ich mich noch ein Stück leichter fühlen, dachte ich auf dem Weg zurück zum Hostel. Ich schlenderte an einer Strandbar vorbei, nickte den anderen, die dort zusammen unter Lichterketten saßen und Bier tranken, zu und genoss die letzten Augenblicke der Vorfreude. Etwas in mir wollte sich einfach dazusetzen und anfangen dabei zu sein – aber da war noch etwas: Ich vermisste Ruhe. Es war der erste Tag meiner dreiwöchigen Reise und ich freute mich auf all die langen und lauten und gemeinsamen Abende. Aber heute wollte ich noch ein bisschen Ruhe, das Wiedersehen mit mir selbst auskosten, schreiben. Ich setzte mich auf die kleine Bank direkt neben der Rezeption, die um diese Uhrzeit nicht mehr besetzt war, mein Tagebuch im Schoß und so viele Gedanken, die wie Rauch in meinen Kopf strömten, sich nach so langer Zeit wieder ganz frei bewegen konnten. Ich schrieb ein paar davon auf, den Rest wollte ich dann aber einfach noch dort lassen, wo er gerade war.

Neben dem Pool lag zusammengerollt eine Katze. Ich hörte Grillen zirpen und, wenn ich ganz genau hinhörte, sogar das Rauschen des Meeres. Ein Mann betrat den Hof. Er setzte sich an den Rand des Pools, hielt seine nackten Füße ins Wasser und jetzt konnte ich lesen, dass auf der Rückseite seines T-Shirts Security geschrieben stand. Er saß beinah regungslos da und starrte auf das hell erleuchtete Wasser.
Eine Weile beobachtete ich ihn, bis ich mich schließlich neben ihn kniete und ihn ansprach. Ich hatte vor lauter Aufregung vergessen, am Flughafen Geld zu tauschen (ich bin mir auch heute nicht mehr ganz sicher, ob ich es tatsächlich vergessen hatte oder ob es schlicht nicht möglich gewesen ist). Ich fragte ihn, wo denn der nächste *ATM* sei oder eine Geldwechselstube. Er lächelte.

„Der nächste Geldautomat ist ein Stück von hier, du kannst ein Taxi nehmen dahin oder du läufst einfach fünfundvierzig Minuten." Ich sah ihn unsicher an und er zückte sein Handy, wählte eine Nummer und erklärte mir nebenbei den Geldwechselkurs. „Mein Freund kann morgen vorbeikommen und dir dein Geld wechseln, wenn du willst." Er sprach leise und langsam, aber er sprach Englisch.

Leise und langsam war auch dieser erste Abend auf Sansibar.

Sein Name war Baharesa und er arbeitete hier in der Nacht als Aufpasser. Am Tag verkaufte er in seinem kleinen Laden Obst und Gemüse, ging zum Mittag tauchen, um dort Oktopusse und Fische zu fangen und sie dann an Restaurants zu verkaufen, und am Nachmittag half er auf sämtlichen Baustellen des Dorfes. Und in der Nacht – war er dann wieder hier.

„Wann schläfst du denn?", hatte ich ihn gefragt und mit großen Augen angesehen. Er hatte mir all das erzählt, als wäre es das Normalste der Welt. Weil es das Normalste seiner Welt war und ich das nicht begriff. Ich war doch gerade in meinem Traumurlaub angekommen. Er grinste und zum ersten Mal sah ich, wie müde er war. Er erzählte mir all das knapp und mit einer solchen Selbstverständlichkeit, dass mir meine Verwunderung, die einzig und allein auf meinen Privilegien basierte, peinlich wurde. Ich blickte immer wieder auf seine nackten, vernarbten Füße. Irgendwann musste er gehen – ich weiß nicht, woher er wusste, dass er aufbrechen musste oder wohin. Ich solle nicht auf ihn warten, aber morgen würde er mir eine Kokosnuss mitbringen.

„Ist ja verrückt, dass ihr die im Supermarkt kauft und nicht selbst vom Baum pflücken könnt", sagte er.

Das Gespräch dauerte vielleicht zwanzig Minuten, fühlte sich an wie ein Schluck Wasser nach einem langen Lauf. Erlösend, irgendwie. Seine Wärme, seine Ruhe, die Selbstverständlichkeit und Gelassenheit, mit der er all seine Bürden ertrug, faszinierten und beschämten mich. Ich schlief schnell ein an diesem ersten Abend.

Den ganzen Tag über freute ich mich schon auf das Dunkelwerden. Frisch geduscht, meine nassen Haare hatte ich streng zurück gebürstet und zu einem Dutt gebunden, lief ich an den Pool. Baharesa saß bereits auf der Bank, hatte die kleine weiße Katze auf dem Schoß und seine rechte Hand lag auf einer jungen Kokosnuss. Ich holte uns zwei Flaschen Cola aus dem Kühlschrank, öffnete sie und setzte mich neben ihn. Die Katze fauchte mich an, ich kicherte ängstlich und erzählte ihm, dass ich Katzen nicht sonderlich mochte. Er scheuchte sie daraufhin davon, sie verschwand in der Nacht und ich fühlte mich schuldig. Dann saßen wir eine Weile lang einfach nur da.

„Ich bin heute das erste Mal surfen gewesen. Kannst du das auch?"

„Ich habe es nie versucht, aber mein Sohn – er ist Kitelehrer." Er sah mich an, zog die Augenbrauen nach oben und sah dabei so unschuldig und kindlich aus, dass ich kaum glauben konnte, dass er einen Sohn hatte, der bereits arbeitete.

„Wie alt ist er denn?"

„Er ist achtzehn. Mein zweiter Sohn ist sieben und meine Töchter neun und drei Jahre alt."

Er hatte mir gestern erzählt, dass er mit seiner Familie direkt im Haus nebenan wohnte.

Ich habe bereits auf dessen Mauern gestanden (um leichter aus dem Auto zu steigen), dachte ich und erkannte, dass es Baharesa war, der mich hat ankommen sehen. Sein Haus hatte kein Dach, kein fließendes Wasser, keine Elektrizität. Ich zog meine Beine heran.

„Erzähl mir von deinen Kindern, Baharesa!"

Ich war neugierig.

„Nun, mein ältester Sohn ist sehr stolz auf seinen Job. Sein Englisch ist sehr gut, er arbeitet ja auch immer mit Touristen. Das ist ein gutes Geschäft und es macht ihm Spaß. Die anderen drei gehen zur Schule und lernen – das ist gut. Mein Sohn geht in dieselbe Schule, in der auch ich schon Lesen und Schreiben und Englisch gelernt habe. Meine Töchter lernen auch fleißig, die kleinste ist sehr verspielt und laut. Du wirst sie sicher bald mal im Dorf treffen. Du kannst morgen mal zu meinem Laden kommen. Hast du Lust?"

„Sehr! Am Vormittag sind wir immer surfen, aber vielleicht bist du ja später auch noch dort?"

„Leider nicht, am Nachmittag bin ich tauchen. Aber da kannst du auch mitkommen. Ich zeig dir alles."

„Ich habe nur gar keinen Schnorchel."

Er schmunzelte.

„Was?", fragte ich und grinste ihn an.

„Ich benutze so etwas nicht. Einfach Luft anhalten und tauchen. Ich bleibe zehn Minuten unter Wasser – und man sieht die schönsten Korallen und Fische und wenn ich Glück habe, dann fange ich einen Tintenfisch. Das ist wirklich der beste Job der Welt."

Ich verzog das Gesicht, er wusste bereits, dass ich keine Tiere aß. Er verstehe das, sagte er – wenn man bei mir zu Hause Kühe esse, dann würde er auch Vegetarier werden.

„Hier halten wir Kühe als Haustiere. Ich liebe unsere Kuh. Du hast sie bestimmt schon durchs Dorf oder am Strand spazieren gehen sehen, oder?"

Ich nickte. „Ja, und am Abend ruft jede Familie ihre Kuh beim Namen nach Hause, streichelt sie und spielt mit ihr." Mir waren die vielen, frei herumlaufenden Kühe direkt am ersten Tag aufgefallen. Da spazierte die ganze Herde ganz unbeteiligt über den endlosen paradiesischen Strand von Paje. Die wenigen Touristen mit großen Sonnenbrillen und noch größeren Fotokameras hatten aufgeregt Fotos geschossen, neben den Kühen posiert und ich hatte dagesessen und mich gewundert. Was für ein bizarres Bild.

Beinahe jeden Abend trafen Baharesa und ich uns am Pool.

In der Dunkelheit.

Vertraut.

Er erzählte mir, detailgetreu, wie er einen Tintenfisch erlegte, und ich versuchte meinen Blick zu kontrollieren, während er mir erklärte, wie man sie am besten überlistete und zerlegte. Er erzählte mir, was so ein Fang für seine Familie bedeutete. Er erzählte mir von den haiähnlichen, aggressiven Fischen hier an der Küste, vor denen man einfach schnell abhaute und ihnen das erlegte Tintenfischweibchen besser hinterließ. Er sprach viel von seinen Kindern.

Ich erzählte ihm, dass die Kokosnüsse bei uns ganz anders aussahen und bei Weitem nicht so gut schmeckten wie hier. Was eben daran lag, dass sie bei uns nicht frisch angebaut, sondern mit dem Flugzeug nach Europa gebracht werden. „Äpfel und Kartoffeln wachsen bei uns", erzählte ich ihm und er schmunzelte.

Am Tag der Hochzeit im Dorf erklärte er mir, dass während der fünf Tage nach der Hochzeit die älteste Schwester der Braut beim getrauten Paar lebte und dieses verwöhnte, bekochte und bewirtschaftete. Das sind Flitterwochen hier auf der Insel, auf der die ganze Welt ihren Fünf-Sterne-Honeymoon-Urlaub verbringt. Er hörte mir aufmerksam zu, wenn ich ihm von meinen Erfolgen beim Surfen erzählte, von den Geschichten, die ich schrieb, und seine Augen wurden ganz schmal, als ich ihm ein Foto vom verschneiten Dresden zeigte, aus dem ich kam. Er schüttelte den Kopf und erzählte mir vom Regen.

An einem anderen Tag, ich brachte an diesem Abend Minte mit zu unserem Treffen, stand ein riesiges Tablett auf einer der Strandliegen neben dem Pool. Darauf: Reis und Spinat und noch mehr Gemüse mit Soße.

„Meine Frau hat für dich gekocht, Luise." Und er lachte, als ich mir zaghaft einen Löffel Reis auf den Teller portionierte. Er aß mit den Händen und lachte wieder – diesmal noch lauter –, als ich es auch versuchte. Er machte sich gar nicht erst die Mühe, es mir zu zeigen. Wir lachten und jeden Abend schnitzte er mir eine Kokosnuss auf. Selbstgepflückt. Randvoll. Und wenn ich sie ausgetrunken hatte, löffelten wir gemeinsam das saftige Fleisch heraus.

Die zweite Woche meiner Reise war fast verstrichen und wir hatten uns zwei oder drei Abende nicht gesehen. Ich hatte die Nächte damit verbracht, am Strand zu sitzen und zu trinken. Auch an diesem Abend saß ich mit den anderen unter den Lichterketten. Aus aller Welt hatten wir uns dort getroffen und es fühlte sich an, als hätte das alles ganz genau so sein sollen. Trotzdem hatte ich ein schlechtes Gewissen. Ich vermisste Baharesa und die Ruhe, die er ausstrahlte, all das, was ich noch von ihm lernen wollte, unsere Gespräche und ich wusste, dass er auf mich wartete.

Sonntags gingen alle immer recht früh ins Bett, auch an diesem Tag. Die Klimaanlagen waren ausgefallen und so standen die Türen aller Zimmer offen. Ich hörte jemanden schnarchen. Ansonsten war es so still in dieser Nacht, als hätte die Dunkelheit jeden Laut verschluckt. Ich tapste Richtung Pool und im selben Moment erstrahlten alle Lichterketten, die Ventilatoren begannen sich zu drehen und jeder der Gäste schien einmal kurz aufzuatmen. Ich setzte mich auf unsere Bank. Baharesa war nicht hier. Eine reife Mango lag da, ich nahm sie in die Hand. Gigantisch groß und sie duftete bereits.

„Luise", hörte ich ihn plötzlich flüstern und seine strahlenden Augen blickten mich von der anderen Seite des Pools aus an. Wir setzten uns dicht nebeneinander auf die Holzpaneele, die leicht über den Pool ragten, und er berichtete mir, wie er vor zwei Stunden einen Brand der Elektrik mit Sand gelöscht hatte. „Es war niemand hier! Bloß gut, so wurde niemand verletzt."

„Hast du dir wehgetan?", fragte ich besorgt.

Er schüttelte den Kopf, lachte und im selben Augenblick gab der Notstromgenerator wieder den Geist auf und jedes Licht erlosch. Ich sah meine Hand vor Augen nicht und für einen kurzen Augenblick raste Panik durch meinen Körper. „Leg mal den Kopf in den Nacken", sagte Baharesa ruhig und schaute geradeaus – so viel konnte ich erkennen. Ich schaute nach oben. Da ist also das ganze Licht versteckt, dachte ich. Der Himmel war pechschwarz und so unendlich viele Sterne und Punkte und Muster hingen und strahlten auf uns herab, dass Panik keinen Platz mehr hatte. Ich fühlte mich in diesem Augenblick so schwerelos. So unbedeutend und so wertvoll wie noch nie. Die Unendlichkeit blickte auf uns herab und ich in sie hinein, sodass es sich für einen Augenblick anfühlte, Teil davon zu sein.

„Wieso schaust du dir das denn nicht an, Baharesa?", fragte ich ungläubig. „So etwas Wunderschönes habe ich noch nie gesehen."

„Das sehe ich jede Nacht beim Einschlafen, Luise. Wunderschön, nicht wahr?"

Ich blickte ihm in die Augen und mir tat meine eigene Naivität weh, aber er sah mich so sanft und so gutmütig an, dass ich es mir erlaubte, noch einmal nach oben zu blicken, bevor der Notstrom wieder zu arbeiten begann, der Kühlschrank wieder anfing zu surren und zu meckern, und der Pool uns wieder türkisblau entgegengrinste.

„Bist du manchmal am Strand?", fragte ich ihn irgendwann.

„Hier in Paje?" Er schüttelte den Kopf. „Wie soll das gehen? An den Strand kommen wir schon seit einigen Jahren nicht mehr."

Ich nickte.

„Ich weiß noch, als das erste Hotel hier im Dorf gebaut wurde. Seither hat sich vieles verändert. Meine Welt, dieses Zuhause hier verändert sich. Es verschwindet. Sie klopfen jede Woche an meine Tür, weißt du? Die weißen Hände mit dem vielen Geld."

Ich traute mich nicht etwas zu sagen, schaute ihn an, er klopfte einen Takt auf den Untergrund, auf dem wir saßen, und guckte ins klare Wasser.

„Sie klopfen an meiner Tür und wollen es kaufen. Mein Haus. Sie verstehen nur nicht, dass das mein Zuhause ist. Das verstehen sie nicht. Weil sie überall hinkönnen. Mit all ihrem Geld. Und sie schlagen mir vor, auch überall hinzugehen. Mit all dem Geld, das mir gehören würde, wenn ich es nur annähme. Aber dabei verstehen sie nicht, dass es für mich kein anderes Überall gibt. Ich komme von Sansibar. Ich habe die Insel nie verlassen. Das ist Zuhause. Ich könnte es nie verkaufen. Einige aus dem Dorf haben eingewilligt. Und: Ich vergebe ihnen. So viel Geld verdienen wir in diesem ganzen Leben nicht. Aber: Mir gehört hier einiges an Land. Ein bisschen nördlich von hier, das Grundstück habe ich bereits meinem ältesten Sohn versprochen. Dort wird er eines Tages mit seiner Familie wohnen können."

Das Tor quietschte und ich drehte mich augenblicklich um. Ein junger Mann betrat das Gelände. Ich kannte ihn nicht. Er war groß und schlaksig, würdigte mich keines Blickes, ging aber schnurstracks auf uns zu. Ich schaute Baharesa, der gar nichts gemerkt zu haben schien, fragend an. „Das ist der Junge, der für den Pool verantwortlich ist", sagte er ruhig. Der junge Mann nickte mir jetzt zu, murmelte etwas auf Suaheli und öffnete eine Luke im Holz, auf dem wir hier neben dem

Pool saßen. Er stieg eine Treppe hinunter. Wenige Augenblicke später kam er wieder hervor, mit der einen Hand hielt er sich ein Stück Stoff vor den Mund, die Augen hatte er zusammengekniffen, in der anderen blanken Hand hielt er ein weißes Pulver. Er kniete sich auf die andere Seite des Pools und tauchte es ins Wasser, es schlug Blasen, er legte sich hin, streckte seinen Arm ins Wasser und rührte den Pool um. Er rührte mit seinem nackten Arm den Pool um, wie man mit einem Löffel in kochendem Wasser rührt. Er wiederholte das ganze zweimal: stiefelte wieder die Treppe hinunter, drückte sich das dreckige Stück Stoff vor den Mund und beförderte das weiße Gift direkt ins Wasser, legte sich hin, rührte um. Dann schloss er die Luke und ging.

„Er läuft nachts, immer um diese Uhrzeit, von Hotel zu Hotel und reinigt die Pools", sagte Baharesa. Er muss gemerkt haben, dass ich noch immer ungläubig dreinblickte, ob das wirklich gerade so passiert war. Am liebsten wollte ich mich in mein Bett verkriechen. Das Zuhause. Und vergessen, was ich da gerade gesehen hatte. Wohlwissend, dass es das und Schlimmeres nicht ungeschehen machen würde. Aber dann könnte ich mir immerhin einreden, dass all das nicht meine Schuld sei, dass ich dafür keine Verantwortung trage, dass ich mit der Ungerechtigkeit dieser Welt nichts zu tun hätte.

„Es ist wichtig, dass Touristen hierherkommen."

„Das musst du jetzt nicht sagen, Baharesa. Bitte, sag nichts, nur damit ich mich besser fühle. Das ist nicht deine Aufgabe."

„Ich genieße es, jeden Abend hier mit dir zu sitzen und zu merken, dass ich nicht alles aus der Schule vergessen habe. Dass ich noch immer Englisch sprechen kann. Dass ich jetzt eine Freundin aus Deutschland habe. Ich finde das schön", sagte er und ich wusste, dass er das so meinte. Ich kämpfte mit den Tränen.

„Es ist das erste Mal, dass jemand nachts hier mit mir sitzt und wirklich mit mir spricht, sich mit mir unterhält. Und dafür bin ich dir dankbar."

„Aber ich wäre nicht hier, wenn nicht jemand sein Zuhause verkauft hätte."

Er wollte etwas sagen, aber dann saßen wir doch einfach nur nebeneinander und schwiegen.

„Es hat sich so vieles verändert in den letzten Jahren. Nicht alles ist schlecht."

Ein paar Wochen später, zurück in Berlin, saßen wir in der Altbauwohnung eines befreundeten Pärchens. Die Decken waren hoch, die Flügeltüren zum Balkon standen weit offen. Mein Handy lag mit dem Display nach unten auf dem alten Holztisch, in der durchsichtigen Hülle steckte ein kleiner Zettel, auf den mir Baharesa mit seiner kindlichen Schrift Namen und Telefonnummer geschrieben hatte.

Regelmäßig trafen wir uns hier, um Brettspiele zu spielen. Ich hatte mich immer darüber lustig gemacht, wenn Paare anfingen, ihre Freitagabende zu Hause an einem Tisch zu verbringen. Als Kind hatte ich tage- und nächtelang Monopoly gespielt und es gehasst. Und jetzt saß ich hier, draußen den Simon-Dach-Kiez vor unserer Tür, würfelte und war glücklich.

Ich beobachtete, dass derjenige, der verlor, besser damit umging, als die, die gewannen und sich hämisch lachend eine Zigarette drehten.

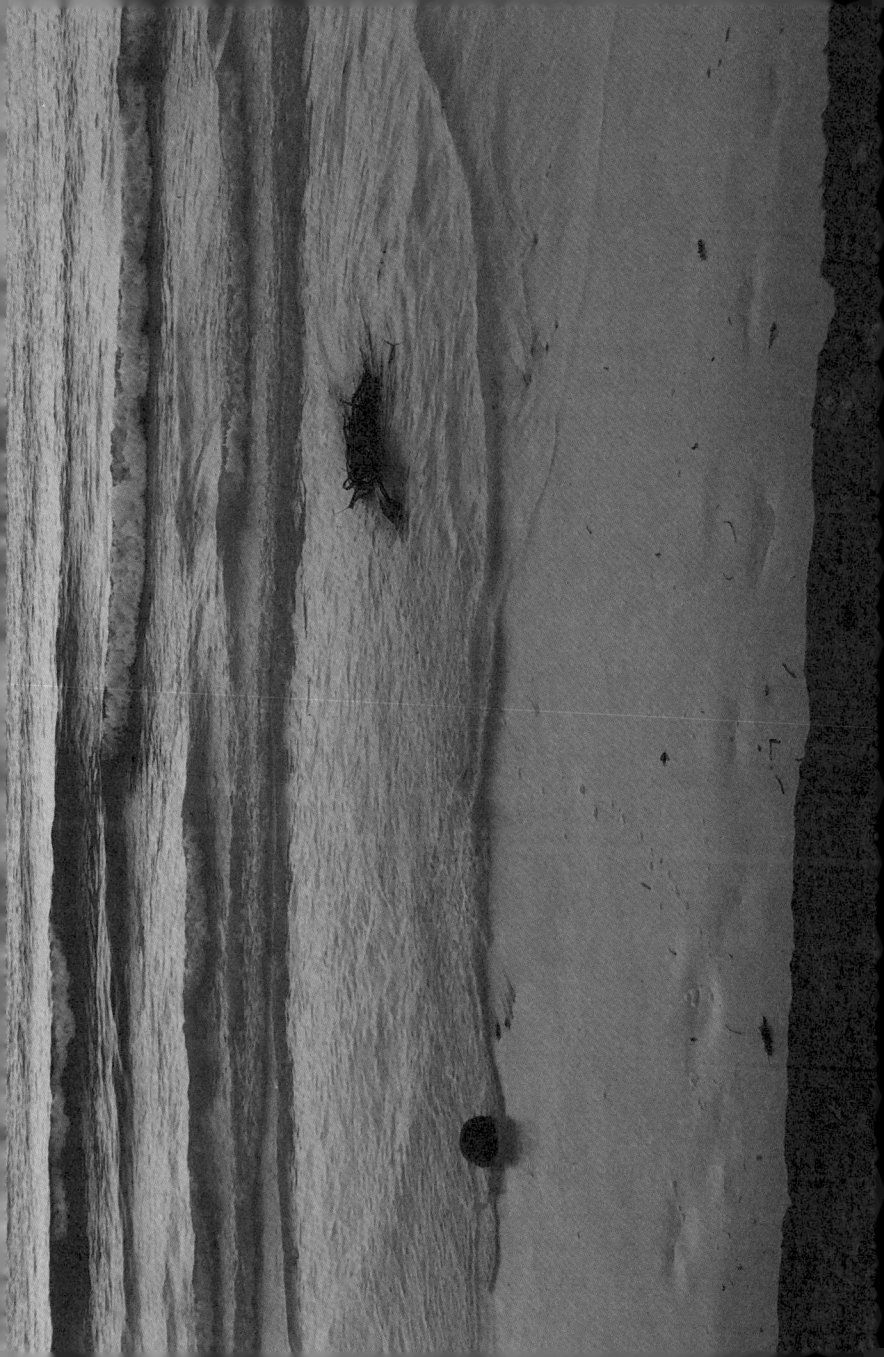

MEERESSCHAUM

MINTE – PAJE, SANSIBAR

„Meine Tante wird sterben. Meine Tante stirbt und ich bin hier. Und ich will nicht reden müssen. Das meine ich nicht böse, aber ich will nicht reden. Ich will auch nicht umarmt werden. Ich will kein Mitleid. Ich will gar nichts. Ich bin froh, dass du hier bist. Wirklich. Die Nacht, in der ich hier ankam, war der Schlafsaal leer und es war still, so verdammt still. Und jetzt, also mit dir, ist es noch immer leise und ruhig. Aber anders. Eben nicht still. Weißt du? Also ich bin froh, unendlich froh, dass du da bist. Aber ich kann und ich möchte nicht reden. Und ich hoffe, das ist okay."

Die letzten Worte gingen ihr immer langsamer zwar und dabei trotzdem hastig von den Lippen, so als wollte sie nach einer langen Wanderung völlig erschöpft einfach nur noch zu Hause ankommen.

Wann immer ich den Kontinent verlasse, treibt mich die Angst um, dass einem meiner Liebsten zu Hause etwas passiert. Das war während all meiner Reisen bis dahin nicht ein Mal vorgekommen.

Und ein paar Monate später dann doch. Es war schrecklich. Während Entfernung jede Art von Schmerz und Vermissen zu lindern scheint, ist es der Tod, der sich mit örtlichem Abstand noch schrecklicher anfühlt. Obwohl die Verstorbene doch jetzt – ganz egal, wo die Lebenden gerade sind – zu jedem die gleiche Entfernung haben müsste oder wenn nicht, dann doch zumindest so nah bei mir sein wie während unserer letzten Umarmung. Wenn eine Unendlichkeit zu Ende geht, dann brauche ich meinen gewohnten Sonnenuntergang hinter unserem Horizont, an dem ich mich festhalten kann. Dann braucht es das eigene Bett, die eigenen Laken, die die Traurigkeit, die unaufhörlich aus einem herausfließt, auffangen. Dann ist neu und fremd und anders einfach nur nichts und man fällt fällt fällt, weil keiner um einen herum Erinnerungen an die Verstorbene bei sich trägt.

Ich hatte Minte, obwohl wir in einem Zimmer schliefen, erst am Abend meines zweiten Tages kennengelernt. Wir hatten am Strand belanglose Dinge ausgetauscht, die man eben so austauscht. Minte war, anders als ich es aufgrund ihres Rucksacks angenommen hatte: ein paar Zentimeter kleiner als ich, ihre dunklen, glatten Haare lagen auf ihren starken Schultern auf, ihr Gesicht hatte harte Kanten, ihre Augen waren weich. Ihre Stimme klang streng. Sie war ein paar Jahre jünger als ich und hatte die letzten Wochen auf dem Festland Tansanias verbracht, war allein auf den Kilimanjaro gestiegen und stand jetzt in ihrem Pyjama vor mir. In diesem Moment — es war noch ganz früh an meinem dritten Morgen auf Sansibar, sie öffnete gerade die Badezimmertür, als ich leise die Treppen hinaufkam, die schmalen Lippen hingen traurig in ihrem Gesicht und ich hatte das Gefühl, dass sie auseinanderbrechen würde, sobald sie sie öffnete — sprachen wir das erste Mal richtig miteinander und wieder einmal merkte ich, dass das Leben und vor allem der Tod so gar nicht auf die Tageszeit, das Wetter oder die Umstände achteten oder andersherum.

„Das ist okay", sagte ich und schaute sie an. Kein Lächeln. Keine Umarmung.

Wir putzten gemeinsam unsere Zähne, zogen uns an, gingen wortlos zum Frühstück, das wir zusammen irgendwie, aber an getrennten Tischen aßen, während die anderen noch schliefen. Nur die Kühe trotteten, als wäre nichts passiert, träge über den Strand.

Es war leise, aber nicht still.

Ich sah nicht zu ihr hinüber, blieb einfach nur sitzen und wir waren damit – genau richtig – füreinander da.

AUFTRIEB(-SKRAFT)

JAKE -PAJE, SANSIBAR

Ich war sehr früh ins Bett gegangen und spazierte daher am nächsten Morgen munter und motiviert in die Surfschule, als hätte ich nie etwas anderes getan, als hätte ich den Tag davor nicht mehrere Stunden im Flugzeug gesessen. Hinter dem Tresen, der über und über mit Stickern beklebt war, saß ein Typ, der mich verwundert anguckte und mich mit einem sehr starken Akzent, den ich nicht zuordnen konnte, fragte, ob ich jetzt doch auf einmal surfen wolle. Abrupt und vielleicht ein bisschen zu laut, weil ich ja nicht nur ihn, sondern vor allem auch immer noch mich selbst von der Idee überzeugen wollte, antwortete ich: „Ja, na klar! Deswegen bin ich doch hier!"

„Surfen, das ist einfach nichts für dich, Luise. Ich glaube, dafür bist du nicht tough genug." – Es gibt Menschen, die sagen Dinge, die einem nicht mehr aus dem Kopf gehen. Aus dem Herzen. Worte, die einen in eine Schublade stecken und einem die Hände hinter dem Rücken zusammenbinden. Man wehrt sich gar nicht dagegen. Vielleicht, weil es einfach ist, diese eine Option der endlosen Möglichkeiten auszublenden. „Das ist nichts für mich" – diesen Stempel hinzunehmen ist so viel bequemer, als das Gegenteil zu beweisen. Und weil wir uns ohnehin oft genug beweisen müssen – ist es manchmal einfacher, die eigenen vermeintlichen Schwächen und Fehler und Grenzen des Seins als gegeben hinzunehmen; anzunehmen, dass die andere Person es besser weiß. Weil es sich gut anfühlt, auch mit über achtzehn Jahren mal gesagt zu bekommen, was man tun oder eben nicht tun sollte.
Ich habe also nie übers Surfen nachgedacht. Ich habe auch viele Jahre kein Rot getragen, weil mir mal jemand sagte, es stünde mir nicht, als ich mit einer roten Bluse und knallrotem Lippenstift gerade noch ganz selbstbewusst

vor ihm gestanden hatte. Ich habe nie darauf bestanden, naturwissenschaft-
lich begabt zu sein, weil das schlicht nicht meine Rolle gewesen ist. Die war
schon besetzt und somit war ich die Kreative und nicht die Clevere, obwohl
ich in Mathe immer besser gewesen bin als meine Schwester.

„Ja, also gestern hast du gesagt, du weißt es noch nicht, und wirktest
ziemlich … verwirrt."

Ich musste lachen und strich mit meinen Fingern über die Surfbretter,
die an der Wand hingen, sah mich interessiert um. „Wow, wirklich? Ich
war gestern einfach unendlich müde und überfordert. Weißt du, früher bin ich wahnsinnig viel gereist und dann ganz lange nicht und als
ich dann gestern hier –"

„Okay, Luise. Ich freue mich, dass du hier bist und es ausprobieren
willst", unterbrach er mich, grinste und sprang von seinem Barhocker,
auf dem er die ganze Zeit lässig gesessen hatte, und stand jetzt, nur ein
paar Zentimeter größer als ich, direkt hinter mir.

Ich drehte mich um und stammelte verunsichert: „Also, keine Sorge,
wenn das jetzt nicht eingeplant ist oder so, dann muss ich auch nicht
unbedingt surfen. Das ist, glaube ich, sowieso nichts für mich. Ich kann
mich auch einfach heute noch mal an den Strand legen und –"

„Wieso sollte es nichts für dich sein? Ab geht's! Wir fahren jetzt los!",
unterbrach er mich wieder und warf damit ganz einfach die Glaubens-
sätze (die doch eigentlich nur auf Fremdeinschätzungen basierten,
sich aber über Jahr hinweg wie Wattwürmer in mein Selbstwertgefühl
geknabbert hatten), die mich so viel Kraft und Überwindung gekostet hatten, diesen Surfkurs zu buchen, um. Er klemmte sich eine

Wassermelone unter den Arm und warf mir lässig ein Shirt zu: „Zieh das an! Das ist eigentlich meins, aber du bist käseweiß und wenn du dich heute verbrennst, dann kannst du morgen nicht raus und das wäre echt ärgerlich. Denn nach heute wirst du nichts anderes mehr wollen, als raus zu paddeln."

Wow, bin ich unsportlich geworden, dachte ich, als ich mit dem riesigen türkisblauen Softtop unterm Arm ein paar Meter hinter den anderen der Gruppe den endlosen Strand entlanglief. Es war unerträglich heiß, die Sonne stand hoch am Himmel und ich hatte vergessen, mein Gesicht mit Sonnencreme einzuschmieren. Ich war nervös und das fühlte sich gut an – sage ich heute. Ich wusste auch in dem Moment, dass es gut war, dass ich mich gut fühlen würde, endlich mal wieder eine Angst zu überwinden – das Heraustreten aus der eigenen Komfortzone (meine zu Hause in Berlin war irgendwie immer enger und immer gemütlicher geworden) fühlt sich genau in dem Moment nie gut an. Erst mal ist es anstrengend und unangenehm. Wie würde das jetzt genau ablaufen? Wie hoch würden die Wellen sein? Die anderen hatten mir vorher von Seeigeln erzählt und wie schmerzhaft die sein konnten, wenn man auf sie trat. Ziemlich viele Gedanken und Sorgen dafür, dass ich an einem der paradiesischsten Orte der Welt war. Konnte ich wirklich so sehr aus der Übung gekommen sein, Abenteuer zu erleben? Ich erinnerte mich, wie lässig und sorglos ich durch Guatemala gereist war und wie frei sich das jedes Mal angefühlt hatte, sobald ich meine lange Jeans gegen Shorts getauscht hatte. Gerade in diesem Moment aber wirkte alles einfach nur beklemmend und ungewohnt.Wir machten ein paar

Trockenübungen im Sand und ich kam mir dabei unheimlich lächerlich vor. Ich merkte, dass ich meine Lockerheit, mein Selbstbewusstsein der letzten Reisen, zu Hause irgendwie verloren hatte. Ich ließ den feinen weißen Sand durch meine Finger rieseln, als würde ich all das darin wiederfinden. Und das tat ich schließlich. Ach, was ich schon alles an Stränden gefunden habe.

Betont cool also setzte ich mich in das kleine Fischerboot, das uns rausfahren würde. Unser Surflehrer, Jake hieß er und kam aus Südafrika, so viel hatte ich bisher erfahren, stapelte unsere Surfbretter auf dem Bug und schon legten wir ab, raus ins endlose Türkis.

„Okay, Leute, wir sind gleich an unserem Surfspot für heute angekommen. Die Wellen sind super! Auf geht's! Wer will als Erstes?"

Mein Arm schnellte in die Höhe: Wow, ist das wirklich meiner? Ich schaute ungläubig an mir selbst hoch. Ich wusste, wie sehr mir mutige Frauen, abenteuerlustige Reisende immer gefallen hatten. Also band ich mir die *Leash* um mein linkes Fußgelenk und sprang in das glasklare Wasser. Nicht besonders waghalsig vielleicht, aber für mich der erste Schritt zurück zu mir, die ich vor meiner Zeit in Berlin gewesen war, nämlich mutig und abenteuerlustig. Wir paddelten los. Rückblickend sind die Wellen nicht besonders hoch gewesen. Ganz im Gegenteil sogar. Eigentlich waren sie viel zu schwach, um uns wirklich tragen zu können. Aber darum ging es gar nicht, es ging viel mehr um die Überwindung, um das Lernen und Scheitern und vor allem: Loslassen. Ich fand mich schnell ab mit dem Gedanken, dass ich nicht so superheiß auf dem Board aussah, wie ich mir das vielleicht gewünscht hatte. Ich musste vor allem ängstlich ausgesehen haben. Bäuchlings auf dem Board, das linke Bein intuitiv ganz leicht nach oben gestreckt, der besorgte Blick über die Schulter. Eine Welle nach der anderen rollte auf mich zu.

Ich war auf jeden Fall die Schlechteste des Kurses und das war okay für mich, auch wenn ich mir natürlich gewünscht hätte, dass es anders wäre. Jake und Hussein, der andere Surflehrer, schoben einen nach den anderen an. Sie standen im brusttiefen Wasser, schnappten uns Herumtreibende, richteten uns aus und gaben uns im richtigen Augenblick einen kräftigen Schubs. Ich merkte schnell und genoss, dass Jake mir immer ein bisschen mehr Aufmerksamkeit schenkte als den anderen Schülerinnen. Und wie er sich freute, wenn ich es ganz kurz immerhin kniend aufs Board schaffte. Als er mich gerade wieder zu sich herangezogen hatte, nachdem ich kläglich versucht hatte, gegen die Wellen in seine Richtung zu paddeln, sah er mich beinah streng an und sagte: „Kopf ausschalten, *Nugget.*" Hans hat mich so immer genannt, erinnerte ich mich und war für einen Augenblick ganz weit weg. „Nimm die Energie der Wellen einfach an und auf und dann lass dich tragen! Einfach mitgehen. Du musst gar nicht viel machen, außer es zuzulassen. Alles, weißt du? Wenn du stehst, dann steh! Dann genieß den *Ride*. Wenn du fällst, dann lass los, lass es genau so zu und genieße es. Fühlt sich ein bisschen an, wie schwerelos zu sein für einen Moment. Die Kontrolle mal gänzlich aufgeben zu können. Das ist die eigentliche Kunst – und du bist jemand, der nicht gern loslässt, richtig?" Ich wollte gerade antworten, aber eine Welle kam mir zuvor. „Schau nach vorne. Paddel! Und: *Stand up!*" Er gab meinem Board einen kräftigen Schubs und schrie: „Lass los!" Ich stand auf und quiekte vor Freude, sah zurück zu ihm und lachte, bevor ich kopfüber ins Wasser stürzte.

Ich wusste nicht, wie lange wir draußen gewesen waren. Die Sonne stand mittlerweile nicht mehr ganz so hoch oben am Himmel, meine Haare fielen mir nass ins Gesicht, ich hatte einiges an Wasser geschluckt und saß erschöpft auf meinem Surfboard. Ich war etwas weiter raus getrieben worden und sah mich um. Ich musste grinsen und wusste gar nicht so genau, warum. Ich meine, ich saß gerade im Paradies vor der östlichen Küste Afrikas – aber das war es nicht allein.

Wir schwammen alle gemeinsam zurück zum Boot, sicherten die Bretter, tranken aus unseren Wasserflaschen und schon bald setzte sich das kleine Motorboot in Bewegung. *Chapati*, eine traditionelle Art Fladenbrot, wurden ausgeteilt und obwohl ich keinen großen Hunger verspürte, verschlang ich es mit zwei Bissen, wusch meine Hände im Ozean und mit einem Mal liefen mir Tränen übers Gesicht. Ich hatte es erst gar nicht bemerkt. Wir alle waren nass und Wasser tropfte von meinen Haaren auf die schmale Bank, deren dunkelblauer Lack abplatzte und in kleinen Plättchen an meinen Beinen klebte. Doch das waren tatsächlich Tränen, die mir die Wangen hinunterliefen, und ich wurde ruhig. Die Sorgen und Ängste, die mich seit meiner Idee, wieder mal aufzubrechen, plagten, schienen von mir abzufallen. Ich dachte an den März vor einem Jahr, an meinen Krankenhausaufenthalt und das Ende meiner großen, abenteuerlichen Reisen. Was-wäre-wenn-Fragen rasten durch meinen Kopf und ich konnte sie nicht aufhalten. Es waren Was-wäre-gewesen-wenn-Fragen, denn ganz leise und heimlich stellte sich das Gefühl ein, gerade in diesem Moment genau am richtigen Platz zu sein. Ich fühlte mich angekommen, obwohl ich keine Ahnung hatte, wo genau ich gerade war. Aber während dieser erste Abend auf Sansibar wie ein Wiedersehen erschienen war, glich dieser Augenblick einem Zumirfinden. Als wäre ich gerade wieder zu mir gekommen nach einer Zeit der Bewusstlosigkeit. Dieses Gefühl war so stark und damit so angsteinflößend. Und dann wieder: Wer wäre ich heute, wenn ich damals nicht krank geworden wäre? Oder wenn ich nach meiner Genesung einfach wieder mutig losgezogen wäre? Verdammt, dachte ich, ich hätte all die Zeit über hier sein können. Ich hatte all das so sehr vermisst – die fremden Menschen, den Sand unter meinen Füßen, das Schlafen in Stockbetten, barfuß zu gehen und das Meer, vor allem das Meer – und ich hatte es gar nicht gemerkt. Dieser Moment war so schmerzhaft, ich erinnere mich genau. Ich stand an einer Klippe zum Bereuen. Dieses Gefühl schlich sich von hinten heran und lullte mich ein, überwältigte, beschämte mich und schubste mich dann hinunter. Ich bereute für einen Augenblick – ich bereute all die wertvollen, wundervollen gemeinsamen Momente der letzten Monate und sprach ihnen damit für einen Moment den Wert ab. Den unbezahlbaren Wert. Gegen nichts in der Welt hätte ich das letzte Jahr voller Liebe eingetauscht. Das wusste ich und deswegen tat der Gedanke so sehr weh. Aber wir sind mehr als unsere Gedanken.

Ich wurde besser. Langsam, aber sicher wurde ich besser darin, meinen Kopf abzuschalten. Meine Arme wurden stärker und ich schneller. Immer öfter stand ich tatsächlich auf dem Brett. Die freien Nachmittage verbrachte ich meistens mit einem Buch in der Hand, schreibend oder lesend, auf dem Hängebett, das genau vor der Surfschule an dem paradiesischsten Strand, an dem ich bisher gewesen bin, aufgebaut worden war. Immer, wenn es gerade nichts zu tun gab, schwang sich Jake neben mich und sah mich an, bis ich das Buch auf meine Brust legte und ihn auch ansah. Wir erzählten einander, wer wir waren und woher wir kamen, und kurz bevor die Sonne unterging, sagte er: „Du gehörst an den Strand, Luise. Das sehe ich. Klingt vielleicht ein bisschen egoistisch, weil ich dich natürlich gern hier an meinem Strand haben würde. Jeden Tag. Aber ernsthaft. Du gehörst nicht in die Stadt. Jeden Morgen wache ich auf und dann stehe ich auf und sehe das hier. Das Paradies. Und seit du hier angekommen bist, wurden deine Augen jeden Tag ein bisschen heller. Nimm das Blau mit nach Hause und überleg dir dann, was Zuhause heißt und was es heißen soll. Okay?"

Ich sah ihn an, nickte und damit hatte er mir einen weiteren Push gegeben – so wie er jeden Tag kraftvoll gegen mein Surfbrett drückte. Genau fest genug, damit mich die nächste Welle mitnahm. Genau so hatte er das jetzt auch getan. Mir einen Schubs gegeben – leicht, aber doch mit solcher Intensität, dass die neue Geschwindigkeit mich auf meinen Ideen, irrwitzigen Träumen surfen ließ. Einen Impuls, der mir und meinen Gedanken eine solche Wucht verliehen hatte, dass wir zu Hause darin ertrinken sollten.

„Was geht alles in diesem Kopf vor? Du denkst zu viel nach. Ich kann das sehen und spüren und das ist auch der Grund, wieso das mit dem Surfen nicht so klappen will. Du machst dir viel zu viele Sorgen und

Gedanken. Lass los! Was auch immer es ist, das dir Kopfzerbrechen bereitet, lass es los. Du kennst die Abfolge, deine Beine und dein Körper, die wissen, was es zu tun gilt. Lass sie einfach machen und dich von der Welle mitreißen. Das passiert ohnehin. Nur wenn du es zulässt, dann wird es auch funktionieren. Wenn du blockierst oder zögerst, dann verpasst du den perfekten Augenblick, den *Peak* der Welle. Den kannst du nicht sehen, den spürst du, wenn du in dir leise bist und alle Sorgen wirklich abschaltest. Mach dich locker, die Hände nicht ums Board, sondern oben drauf und dann schnell sein."

So oder so ähnlich klangen seine Monologe während der Surfstunden, die teilweise noch in der Morgendämmerung begannen. Jake musste sich wiederholen. Jeden Tag der ersten Woche sagte er mir dasselbe mit unterschiedlichen Worten. Ich hörte immer aufmerksam zu und verstand, aber diese Art von Tipp kann man nicht einfach so umsetzen. Ich kannte mich und meinen Körper gut genug, um zu wissen, dass alles, was ich brauchte, Zeit war. So ließ ich mich manchmal minutenlang nur treiben und strich mit den Fingern über das Wachs auf meinem Brett, setzte mich und legte mich dann wieder hin, spürte die Wellen, die unter mir hindurchrollten, schloss die Augen und lauschte dem fernen Lachen und Quieken der anderen. Was ausgesehen haben muss, als wäre ich nicht ehrgeizig oder hätte kein Durchhaltevermögen, war doch nur oder vielmehr endlich das Geduldigsein mit mir selbst. Jake verstand das nicht, musste er aber auch gar nicht.

„Ich brauche eine Pause", habe ich dann immer gesagt und lag auf meinem Surfbrett. Das Wasser auf meiner Haut. Meine Lippen kitzelten vom Salzwasser.

„*Beautiful, beautiful* … wunderschön!", Jake tauchte neben mir auf. Ich lächelte sanft und spritzte ihm Wasser ins Gesicht. Er schaute mich stolz an mit seinen dunkelblauen Augen. „Das haben die Mädels mir gerade beigebracht."

„Jake, hör auf! Ich habe einen Freund. Was ist denn? Triffst du niemanden hier von der Insel?"

„Nein …", sagte er ein bisschen zu schnell. „Also, ich würde gern, aber es ergibt sich einfach nichts. Ich weiß auch nicht."

„Du triffst jeden Tag so viele Frauen. Du hast etlichen Mädels das Surfen beigebracht. Also komm schon, da ergibt sich nichts?"

„So einfach ist das nicht. Die meisten der Frauen, mit denen ich zu tun habe, machen hier Ferien auf Sansibar. Und ich will keine Urlaubsromanze mehr sein. Das war ich oft genug, als ich damals in Kapstadt in dieser Bar gearbeitet habe und auch in meinem ersten Jahr hier. Klar, das macht Spaß und ist einfach. Aber ich habe genug davon – ich will etwas Echtes. Und vor allem keine Abschiede mehr."

„Verstehe. Aber es muss doch irgendwen hier auf der Insel –"

„Die Sache ist auch, dass ich als Lehrer, sobald ich hinter der Theke im Shop stehe oder hier mit euch draußen bin, so laut und frech sein kann, wie du mich bisher kennengelernt hast. Die Leute kommen dann ja meistens auf mich zu und hier, im Wasser und im Laden, meinem Revier also, kenne ich mich aus. Dann ist alles gut, aber sobald ich Feierabend habe, bin ich einfach nur noch Jake. Schau mich an: Ich bin klein und ich würde niemals einfach so auf meine Traumfrau zugehen. Deswegen muss ich wortwörtlich hinter der Theke oder auf dem Surfbrett sitzen und warten, bis sie in den Laden hereinspaziert kommt und nicht mehr geht. Und darauf warte ich jetzt schon eine ganze Weile. Habe ich gewartet, bis du letzte Woche ...“

Er war immer leiser geworden zum Schluss.

„Jake, vergiss es!“

Ich lachte etwas zu laut, um meine Unsicherheit zu übertönen, und spritzte ihm wieder Wasser ins Gesicht, damit er endlich aufhörte, mich so anzusehen.

„Komm, Luise, deine Pause ist vorbei! Lass uns jetzt surfen!“, rief er und paddelte vorneweg.

Meine letzte Woche auf Sansibar war angebrochen und von Tag zu Tag war ich unternehmungslustiger geworden. Während ich anfangs nur schlief und Sonne tankte – alles aufholte, was ich in Berlin so lange nicht getan hatte –, saß ich mittlerweile beinah jeden Abend mit den anderen Gästen, das waren vor allem Surfer und Taucher, in einem der wenigen Lokale oder der Strandbar und trank. An diesem Abend saßen wir im *Mama Africa*, einem Restaurant mitten in Paje, das den Anschein erweckte, dass hier tatsächlich Locals essen gingen. Drinnen war es dunkel, Ventilatoren hingen an der Decke und standen verteilt in dem niedrigen Raum. Drei lange Tafeln, die aus Holz geschnitzt waren und aussahen wie Boote, waren u-förmig aufgestellt, ringsherum befanden sich bunte Plastikstühle, an denen die nackte Haut kleben blieb. Ich bestellte eine Portion Reis mit Gemüse.

„*Chipsy Mayay!*“, brüllte Jake einer der Kellnerinnen zu. Sie hatten dunkelgrüne Schürzen um ihre Hüften gebunden, kleine weiße Notizblöcke in ihren Händen, die Haare streng nach hinten gebürstet. Ich hatte sie beim Mittagessen bereits beobachtet, ich war allein da gewesen. Sie hatten gelangweilt das Besteck in weiße Servietten gewickelt, umständlich Stofftischdecken ausgebreitet und Krümel einzeln davon heruntergesammelt. Ich hatte sie während des Essens die ganze Zeit beobachtet und sie mich, wenn wir gekonnt hätten, hätten wir uns stundenlang unterhalten. Aber so sahen wir uns einfach nur neugierig an und als ich mit den anderen am Abend in den Laden spaziert kam, nickten sie mir zu und eine von ihnen umarmte mich. Jetzt kicherten sie, als Jake ihnen zuzwinkerte und irgendwas auf Swahili nachrief. Ich möchte mehr Sprachen lernen, dachte ich.

„*Chipsy Mayay* – was ist das denn schon wieder?", fragte ich neugierig.

„Ein Omelett mit Pommes und Soßen. Du wirst es lieben! Nationalgericht hier auf Sansibar –"

„Ah ja! Jake, ich esse kein Ei. Das weißt du doch." Ich verdrehte die Augen. Als er nach wenigen Minuten und etlichen Schlucken Bier sein Essen serviert bekam, probierte ich, noch bevor er anfing zu essen, und bereute es im selben Moment. „Also ich kann mir vorstellen, dass es schmeckt. Aber mir schmeckt es nicht." Wir brüllten vor lachen. Nachdem wir alle aufgegessen hatten, bestellten die Jungs drei Flaschen *Conyagi* und eine Flasche Fanta Maracuja. Ich wusste, was jetzt passieren würde – es war der dritte Abend in Folge, an dem wir zusammensaßen und Schere, Stein, Papier als Trinkspiel spielten. So machten sie das hier – der Reihe herum – immer, weil man dabei schnell betrunken wird. Inselleben.

Die anderen Gäste tranken ebenfalls. Es saßen vor allem Pärchen an den Tischen neben uns. Junge einheimische Männer (Sie waren gekleidet wie Masaai, liefen den ganzen Tag den Strand entlang und verkauften kleine Handarbeiten, Armbänder, Tücher. Jeden Tag fragten sie mich, wo ich herkam. Für sie sahen wir alle gleich aus, wie wir hier blass und mit großen Sonnenhüten den Strand entlang spazierten.), die jetzt, da die Sonne untergegangen war, hier mit ihren Freundinnen saßen. Sie flirteten. Ich fand das schön und wandte mich wieder der Gruppe zu. Jake legte seine Hand auf meine Schulter.

„Wow, unglaublich, was hier immer abgeht. Diese alten Damen, die nur hierherkommen, um mal wieder flachgelegt zu werden." Er roch nach Alkohol, lachte hämisch und ich schaute mich noch mal, diesmal unbehaglich und verstohlen, um. Meine Stirn legte sich augenblicklich in Falten, ich erkannte erst jetzt, dass die Männer jeweils die Söhne der Frauen hätten sein können, mit denen sie da am Tisch saßen. Alte weiße Frauen. Faltige Hände auf nackten Schenkeln. Die Jungs waren groß, sie hatten mir am Strand gezeigt, wie hoch sie aus dem Stand springen konnten, und dabei doch noch so klein. Sie kamen vom Festland allein auf die Insel.

„*It's your turn, Luise!*", riefen die anderen und ich hielt meine Faust über den Tisch. Stein, Stein, Stein, Papier. Ich gewann und war am Ende trotzdem betrunken. Irgendwann machten wir uns grölend auf den Weg zurück zum Hostel. Baharesa saß am Pool. Gerade war ich noch fröhlich durchs Dorf getanzt und schon war es mir unangenehm, dass er mich so sah: betrunken, kurze Shorts, die gerade so den Hintern bedeckten. Er war ganz ruhig und zurückhaltend. Ich war mir nicht sicher, ob er mich nicht erkannt hatte oder nicht erkennen wollte. „Hallo", sagte ich und versuchte, so nüchtern wie nur möglich zu klingen. Baharesa hatte auf mich gewartet. Eine junge Kokosnuss lag auf unserer Bank. Daneben das Messer. Die hatte er für mich mitgebracht und ich war wieder einmal nicht gekommen. Die anderen sprangen in den Pool, kreischten und sangen. Die halb volle Flasche *Conyagi* stand am Beckenrand neben dem Schild, das Schwimmen ab 22 Uhr verbot.

„Seid mal ein bisschen leiser bitte, Leute", sagte ich und schielte zu Baharesa.

„Kommt, springt mit rein, Mädels!", riefen die anderen. Spätestens jetzt waren alle anderen aus dem Hostel aufgeweckt. Ich setzte mich in die Hängematte und schüttelte den Kopf – über mich, über die anderen?

„Hau doch ab, wenn du keinen Bock hast!", rief Jake plötzlich und umarmte eines der an diesem Tag angereisten Mädels von hinten. Er schwitzte und sah mir angriffslustig in die Augen. Ich wich seinem Blick sofort aus.

„Ich mache zu Hause gerade so einen Twerkkurs – ihr müsst mal beurteilen, wie gut ich das schon kann", kreischte die junge Deutsche und wackelte wie wild mit ihrem Hintern.

„Was glotzt du so?", rief Jake beinah aggressiv. Jetzt blickte ich ihm in die Augen, aber sah ihn nicht. Mir versetzte das einen Stich. Nicht, weil ich gern die junge Frau im Pool mit ihm gewesen wäre, nichts daran reizte mich, sondern weil ich das nicht hatte kommen sehen.

Die Nacht und die Dunkelheit machen so vieles sichtbar, dachte ich, stand wortlos auf und ging ins Bett.

Am nächsten Morgen saßen wir wieder im Wagen, auf dem Weg zum Surfen. Minte kam an diesem Tag nicht mit. Ihre Tante starb. Sie hatte jede Nacht leise in ihr Kissen geweint. Ich saß allein in der vordersten Reihe des kleinen Busses. Der Platz neben mir war frei. Die anderen Deutschen saßen ganz hinten und sprachen darüber, dass sie noch immer betrunken seien.

„Was für eine wilde Nacht, wow!"

Eine der drei hatte Geburtstag. Ich drehte mich um und gratulierte ihr. Ich war müde und wollte, dass das, was letzte Nacht passiert war, keine Rolle spielte. Ich wollte darüber lachen, aber irgendetwas ließ mich wütend sein, traurig und enttäuscht. Es wurde mit jeder Minute unerträglicher – stickig und heiß war es auch noch.

„Wo bleibt Jake?", fragte jemand und genau in diesem Moment schwang er sich lässig in den Bus und ließ seinen Rucksack auf den leeren Platz neben mir fallen. Wir fuhren endlich los und der Fahrtwind blies mir ins müde Gesicht. Jake schaute mich an und ich aus dem Fenster. Er roch noch immer nach Schnaps.

„*Are you excited for your last surf today, Luise?*"

Ich drehte mich zu ihm, schaute ihn an. Sah ihn diesmal auch wieder. Da war er wieder. So nah hatte ich ihn noch nie betrachten können. Jake sah müde aus. Nicht müde von letzter Nacht, sondern ausgelaugt. Seine ungewaschenen Haare fielen ihm in Strähnen in die Stirn. Er sah nicht besonders gut aus. Er war ein Idiot. Aber irgendetwas in mir wollte, dass es ihm gut ging. Als ich bemerkte, wie lange ich ihn angesehen hatte, schüttelte ich den Kopf.

„Sag mal spinnst du?"

Ganz so überzeugend kam das nicht rüber und als er zu lachen begann, konnte ich mir das Grinsen auch nicht verkneifen. Er wusste dennoch, dass ich die Frage ernst gemeint hatte.

„Was ist los?", fragte er und versuchte mich liebevoll anzusehen. Er war verunsichert.

„Das war gestern so daneben, wie du mit mir gesprochen hast. Jedes Mal, wenn du trinkst, wirst du böse."

„Böse? Ernsthaft jetzt?"

„Du kannst dich nicht erinnern, richtig?"

Er schüttelte den Kopf, schaute auf seine Hände und spielte nervös mit dem Etikett seiner Wasserflasche.

„Du weißt, dass ich dich mag. Du bist vielleicht sogar die tollste Frau, der ich je begegnet bin."

„Jake, hör auf mit diesen leeren Komplimenten. Darum geht es nicht. Wer bist du? Ganz ehrlich: Wer bist du? Jake, ich hab dich gern, das weißt du. Aber sobald du trinkst …"

„… werde ich zu Snake", beendete er den Satz und grinste mich an.

„Snake?"

„Ja, das haben meine Freunde irgendwann mal erfunden. Sobald ich trinke, bin ich nicht mehr ich selbst. Ich kann mich an nichts erinnern von letzter Nacht. Ich habe keine Ahnung, was ich dir wieder an den Kopf geworfen habe. Aber das war Snake, nicht ich."

Ich schaute ihn ungläubig an. Er meinte das ernst. Mich machte das wütend und zugleich empfand ich Mitleid. „Jake, das bist trotzdem du. Du trinkst jeden Abend. Jeden Abend. Das muss echt aufhören. Wie lange tust du deinem Körper das schon an? Du fliegst doch auch bald nach Hause zu deinen Eltern, nicht wahr? Vielleicht kannst du dann mal eine Pause machen."

Er kräuselte die Lippen, gab einen merkwürdigen Laut von sich und sagte: „Was denkst du, wo das herkommt?"

„Was herkommt?"

„Das Trinken natürlich. Ich kann zu Hause nicht nicht trinken."

Ich nickte.

„Nein, du verstehst nicht. Meine Mutter wird sauer, wenn ich nicht mit ihr trinke. Mein erstes Bier hatte ich mit zwölf. Das hat mir mein Vater zum Geburtstag geschenkt. Meine Eltern sind meistens betrunken. Das gehört bei uns einfach dazu."

„Das gehört einfach dazu?", fragte ich entgeistert.

„Ja", antwortete er, versuchte meinem Blick standzuhalten und dabei Selbstverständlichkeit und Sicherheit zu vermitteln. Aber er sah traurig aus. Verletzt. So viel jünger auf einmal. Seine Haut ließ ihn sonst, durch sein Leben draußen, so viel älter aussehen, als er wirklich war. „Das ist ,nicht gut, Jake. Das ist wirklich nicht gesund." Ich schluckte, sah aus dem Fenster und fragte mich, ob ich da gerade eine Grenze überschritten hatte. Eigentlich kannten wir uns doch kaum. Was hatte ich ihm schon zu sagen? Ich hatte doch keine Ahnung. Einmal mehr begriff ich, dass dieser perfekte weiße Sandstrand so viel mehr verborgen hielt, als ich ahnen konnte. Ich saß auf dem durchgesessenen Sitz, eingelullt in meine Privilegien, die mich selbstverständlich (nicht) wie Luft umgaben und die Bitterkeit wie Watte dämpften.

„Verdammt, das weiß ich doch. Ich weiß das doch. Aber es gibt niemanden, der auf mich aufpasst, und niemanden, auf den ich aufpasse. Aufpassen kann. Also – es spielt doch keine Rolle."

„Du musst in allererster Linie auf dich selbst aufpassen. Du bist immer darauf bedacht, dass es allen gut geht. Du willst so sehr, dass Menschen Freude am Surfen haben. Du gibst auf so viele Menschen so sehr acht."

„Das ist mein Job", sagte er, wohlwissend, dass es viel mehr war als das. Der Wagen hielt an und augenblicklich war das Gespräch beendet, Jake setzte sein breitestes Grinsen auf.

Jemand, der sich nicht selbst liebt, wird andere nie richtig lieben können, sagt man. Jake hat mich eines Besseren belehrt. Er liebte das Leben so sehr. Das Surfen. Und das Lächeln anderer Menschen. Danach wird er für immer streben. Und ich wünsche ihm nichts mehr als einen Menschen, der ihm beibringt, wie großartig es ist, ihn zu lieben.

Zehn Tage lang hatte Jake mich beim Surfen angeschubst. Mir unermüdlich Mut zugesprochen und dann wieder diesen Extraschwung gegeben, den meine Arme nicht geschafft haben. Er hatte mir beigebracht, alles so zu nehmen, wie es kommt. Und er hatte mir endlich wieder Zuversicht gegeben, jede einzelne meiner Wellen anzunehmen, und mir gezeigt, wie man die erkennt, die es mitzunehmen lohnt. Jake hatte mich wieder auf meine Welle *gepusht*. Ich wusste jetzt wieder, dass man es es einfach versuchen muss und dass Scheitern, Stürzen, Untertauchen, Schwerelossein für den Moment vollkommen okay sind. Wir verabschiedeten uns mit einer langen Umarmung. Das war das erste Mal, dass wir uns tatsächlich berührten – fühlte sich ungewohnt und dabei so vertraut an. Danach sah er mir nicht mehr in die Augen, er starrte auf den Boden und murmelte ein paar Worte. Als ich den kleinen Strandaufgang Richtung Hostel rückwärts entlangging, drehte er sich nicht noch mal um, fuhr sich durch die langen blonden Haare und lief dann Richtung Ozean. Ich winkte ihm trotzdem, hielt die Tränen zurück und machte mich auf den Nachhauseweg – wo auch immer Zuhause war, ist und sein wird.

AM MEER SITZEN

WELLEN KOMMEN UND GEHEN

PULSIEREND WIE EIN HERZ

BESTÄNDIG UND VERLÄSSLICH BRINGEN

UND NEHMEN SIE

STRANDGUT UND GESCHICHTEN

AN FLUGHÄFEN UND BAHNGLEISEN SITZEN

EINATMEN

AUSATMEN

MENSCHENTRAUBE, MENSCHENLEERE

PULSIEREND WIE EIN HERZ

BESTÄNDIG UND VERLÄSSLICH BRINGEN UND

NEHMEN SIE

STRANDGUT UND GESCHICHTEN

AN DIESEM MORGEN WAR DAS WASSER GANZ GLATT

MARLEEN – PAJE, SANSIBAR

Ich war bereits seit fünf Tagen auf Sansibar. Minte und ich waren in unserem Schlafsaal allein geblieben in dieser ersten Woche. Anfangs war ich enttäuscht gewesen, bald genoss ich die Ruhe. Die Vorstellung, allein zu verreisen, jagt vielen Menschen Angst ein. Doch wenn man allein von Hostel zu Hostel fährt, dann ist man eigentlich nie nur für sich. Ganz im Gegenteil. Das war es, was ich daran so liebte, aber diesmal war das anders, war ich anders. Unten im Zimmer, es hatte zwei Ebenen, schlief ich und die Niederländerin hatte sich die obere Etage mit Balkon eingerichtet. Es tat gut zu wissen, dass jemand da war. Aber ebenso gut tat es uns beiden, dass wir kaum sprachen, miteinander sprechen mussten. Wir schliefen im selben Raum, aßen gemeinsam unsere Mahlzeiten, wir lachten auch – aber vor allem waren wir einfach nur, ohne irgendetwas sein zu müssen. Die beinah stumme Übereinkunft darüber hatte uns zusammengeschweißt, die täglichen gemeinsamen Ausflüge zum Surfen, das frühe Zubettgehen.

Am fünften Tag allerdings sollte sich dieser Rhythmus verändern. Vom Strand aus führte ein schmaler Trampelpfad entlang zu unserem Hostel. Ich wollte meinen nassen Badeanzug über den kleinen Holzständer zum Trocknen aufhängen und für einen kurzen Moment allein sein. Bevor ich die Tür zu unserem geräumigen Zimmer öffnete, hörte ich bereits lauthals Katy Perrys Stimme aus einem Lautsprecher dröhnen. Ich betrat Zimmer Nummer acht, mein Zuhause, und da stand sie: nackt, blonde Locken und einen Deoroller in der Hand, als wäre er ein Mikrofon. Sie strahlte mich an und sang direkt ein bisschen lauter, streckte mir auffordernd ihre Hand entgegen und wir begrüßten uns. Vielleicht wollte sie auch mit mir tanzen?

„Hey, ich bin Marleen! Ich geh nur fix duschen und dann gehen wir ein Bier trinken am Strand, oder?"

Und schon verschwand sie im Badezimmer. Die Musik war gedämpft und trotzdem lauter als alles, was ich in den letzten Tagen gehört hatte. Minte schaute von oben herunter und verdrehte die Augen.

„She's crazy", formten ihre Lippen und wir wussten, dass wir jetzt in einem Hostel angekommen waren.

Wir verbrachten den Sonnenuntergang alle gemeinsam am Strand. Marleen saß da im Schneidersitz ein paar Meter entfernt von uns, eine Flasche Bier in der Hand, ihre Beine waren ebenmäßig gebräunt, die kurzen blonden Locken lagen gemütlich auf ihren Schultern. Sie grinste den ganzen Abend lang. Nichts an ihr war unsympathisch (ganz im Gegenteil eigentlich), doch irgendetwas an mir wollte sie nicht mögen.

Am nächsten Morgen war ihr Bett leer, als ich um kurz nach 6 Uhr unser Zimmer verließ. Ich traf sie später dann beim Frühstück am Strand. Gelassen nahm sie an einem der großen Tische Platz. Ich hatte gerade aufgegessen und räumte mein Geschirr ab, sie bestellte Porridge, obwohl das Frühstück eigentlich schon gleich vorbei war. Sie trug eine Sonnenbrille. Ein bisschen zu groß – aber für wen eigentlich zu groß? Sie grinste nicht, sie lächelte nicht. Als sei nichts gewesen. Weil nichts gewesen war. Sie saß da und schrieb. Als sie mich entdeckte, winkte sie mir.

„Ich bin seit neun Monaten schon unterwegs", erzählte sie. Sie war bereits in über zwanzig Ländern, hatte ihren Job geschmissen, ihr Haus verkauft und war seither unterwegs. Sie war zwischendrin krank gewesen. Fast zwei Monate lang hatte sie im Bett gelegen. Jetzt war sie hier. Sie tauchte für ihr Leben gern und sie tanzte.

„Welches war der schönste Ort, an dem du bisher gewesen bist?", fragte ich sie. Es interessierte mich wirklich. Ich war gespannt auf eine neue Reiseinspiration. Sie grinste den jungen Mann, der neben ihr saß, an und sagte: „Das ist witzig, genau dasselbe hat er mich auch gerade gefragt. Sorry, wie heißt du noch mal?" Sie schob die Frage ganz sanft, beinah beiläufig und trotzdem mit der ausreichenden Aufmerksamkeit hinterher, legte ihm die Hand auf die Schulter und sah ihn an. „Ich heiße Marcus", sagte er.

„Zurück zu deiner Frage, Luise."

Meinen Namen hatte sie sich gemerkt, obwohl ich ihr den doch noch gar nicht gesagt hatte. Ich wunderte mich für einen Augenblick, trank einen Schluck Bier.

„Also – es gibt nicht den schönsten Ort. Denn der Ort sind die Leute. Und die schönsten Leute – nun, also überall habe ich schöne Menschen kennengelernt. Wirklich überall. Also ja, einmal habe ich mich verliebt auf meiner Reise. Vielleicht ist das dann der schönste Ort gewesen? Vermutlich ja. Aber das Reisen ist kein Wettbewerb, kein Vergleich – und wenn du Inspiration für dein nächstes Reiseziel suchst, dann wird dir das nicht viel helfen. Denn wem du begegnen wirst, das weiß ich nicht. Das kann dir jetzt niemand sagen. Dein Weg wird den anderer kreuzen, aber wer das ist und wie schön das ist, das musst du schon selbst rausfinden. Unterwegs ist es am schönsten für mich."

Im ersten Moment fühlte ich mich vor den Kopf gestoßen. Ich hatte angenommen, wir würden über die paradiesischen Strände der Philippinen sprechen oder sie würde mir von den endlosen Regenwäldern Brasiliens erzählen. Etwas in mir wollte sie jetzt noch weniger mögen, weil sie ganz genau das gesagt hatte, was ich antwortete, wenn mir die Frage gestellt wurde. Ich entschied, dankbar zu sein für diese Worte, die doch nur neu formulierten, was ich genauso empfand.

Die Tage vergingen. Wir begegneten uns meistens in unserem Zimmer, obwohl Marleen nur selten in ihrem Bett schlief. Sie wurde krank und ging trotzdem jeden Morgen laufen. Und dann traf ich sie in einem Café direkt am Strand. Sobald man das Haus betrat, fühlte man sich wie in Berlin-Mitte oder so, wie ich mir Ubud vorstellte. Alle hip und schick und glatt und betont und damit so überhaupt nicht lässig. Der einzige Grund, in dieses Café zu gehen, war der *Iced Coffee* mit Hafermilch. Ich bestellte mir gerade so einen, als ich sie entdeckte. Marleen saß da mit ihrem Laptop und schrieb.

„Hey Luise!"

Sie grinste.

„Hey!"

„Ich schreibe auch ein Buch – ich wollte dir das schon eher erzählen. Aber irgendwie kamen wir nicht dazu und ehrlicherweise geht das alles auch eher schleppend voran. Aber die Tatsache, dass du dein eigenes

Buch veröffentlicht hast, die hat mich inspiriert, mich wieder mehr dahinterzuklemmen. Ich danke dir dafür …"

Wieder spürte ich, wie etwas in mir sie nicht mögen wollte. Ganz ohne Grund. Das war nicht meine Art. Ich gestand mir ein, dass ich mich oder die, die ich gern wieder sein wollte, in ihr erkannt hatte und statt dass ich mich, wie sie, wie ich es früher getan hätte, davon inspirieren ließ, wollte ich sie wegstoßen. Ich erkannte das und wandte es direkt an.

„Gerne", sagte ich. „Du hast mich auch inspiriert: wieder ein bisschen mehr die Alte zu sein, ein bisschen weicher, sorgenfreier, wilder, ehrlicher. Und du hast mich an all die Menschen erinnert, die mir begegnet sind. Ich weiß jetzt wieder, was meine schönsten Orte sind."

War das gerade zu pathetisch? Es passte zu diesem Ort und war dazu noch ehrlich.

Der letzte Tag brach an – wir alle würden morgen abreisen und es stellte sich bereits früh diese herrlich melancholische Abschiedsstimmung ein. Das letzte Mal Ritualen nachgehen. Einmal noch Reis mit Spinat und *Chapati*. Die letzten Wellen mitnehmen. Mich von den letzten Wellen mitnehmen lassen. Der letzte Tag einer Reise zieht irgendwie immer ein bisschen langsamer, beinah träge an einem vorbei. Weil man die Zeit nicht verstreichen lassen will und sich so krampfhaft an jeder Minute festzuhalten versucht, dass es beinah gelingt. Und am Abend fragt man sich dennoch, wo die Zeit hin ist.

Minte und ich lagen auf dem Schaukelbett, lasen, genossen die Sonne. Jake kam immer mal dazu, legte sich zwischen uns und wir lachten. Worüber weiß ich nicht mehr, aber es fühlte sich gut an und vertraut.

Ein schöner Ort. Irgendwann kam Marleen und legte sich zu uns. Ich freute mich darüber. Meistens ist sie doch immer für sich gewesen, während der letzten Woche.

„Was wollt ihr in diesem Leben machen? Was denkt ihr, warum ihr hier seid?", fragte Marleen plötzlich in die Stille. Sie schob sich ihre Sonnenbrille ins Haar und schaute uns an. Mit ihren neugierigen grünen Augen. Und der kleinen Falte zwischen ihren Brauen. Sie stellte diese Frage, als würde sie sich nach dem Mittagessen erkundigen. Beinahe beiläufig. Das ist so eine Frage, über die man während einer endlosen Nacht philosophiert. Diese Frage, die man in einem Jahr wohl schon wieder ganz anders beantwortet. Diese Frage, die wir uns so gern stellen würden und jedes Mal wieder davor zurückschrecken – weil sie so groß ist, so angsteinflößend.

Die Frage nach dem Sinn.

Die Frage, die niemand zu beantworten vermag.

Vor allem jetzt: mit Mitte zwanzig.

Und sie stellte sie. Einfach so.

Tatsächlich eine Antwort erwartend.

Ich schaute sie an, verlor mich in der Frage und sagte nichts.

Irgendwann fing Minte an zu sprechen – weil sie ihre Antwort wusste oder weil die Stille nicht die richtige Antwort zu sein schien? „Ich würde gern ein friedliches Leben führen, wisst ihr?"

Sie schaute uns unsicher an. Dann nahm sie ihren Mut zusammen und sprach weiter: „Ich will Yoga praktizieren und meditieren und sein. Das klingt vielleicht banal. Aber die Balance zu halten, friedlich zu sein, das

ist doch komplizierter, als es sich anhört. Meinen Angststörungen ent-
gegenzutreten, jeden Tag, das ist anstrengend. Kräftezehrend. Aber
ich schaffe das."

„Das ist mutig von dir, Minte. So mutig", sagte Marleen. Ich strich Minte
das erste Mal liebevoll über den Arm. Ich konnte noch immer nichts
sagen. Wünschte, ich könnte so präzise antworten, wie sie es gerade
getan hatte. Wünschte, ich wüsste ganz genau, welchen Sinn ich mir
erhoffte oder selbst kreierte. Aber Sansibar, die erste Reise seit über
einem Jahr, hatte alles wieder umgeworfen, was ich mir die Monate
davor so fleißig aufgebaut hatte. Meine Wünsche, meine Ziele mit einer
Welle umgestoßen und mitgenommen und so viele neue, frische Ideen
frei- und angespült.

„Ich möchte euch von meiner Idee der Antwort erzählen – ich bin gespannt, was ihr darüber denkt.
Wir kennen uns kaum, ich weiß. Aber die letzten Tage habe ich viel
nachgedacht. Meine Reise wird bald zu Ende sein und ich werde zurück nach Amsterdam ziehen. Ich habe schon eine Wohnung in Aus-
sicht. Das fühlt sich jetzt bereits komisch an – aber ich habe auch Lust.
Nicht auf Zuhause. Nicht auf Schuhe. Aber auf dieses Projekt. Diese
Idee. Meine Antwort. Ich würde ein bisschen ausholen, wenn das für
euch okay ist?"
Wir nickten.
„Also ... ich bin jetzt seit neun Monaten unterwegs. Zumeist barfuß.
Ich war in den aufregendsten Hostels, hatte etliche einmalige Näch-
te. So viele inspirierende Gespräche. Ich habe angefangen Yoga zu

praktizieren", sie schaute Minte an und lächelte, bevor sie wieder in ihren Erinnerungen zu verschwinden schien, „und es hat mich geheilt. In so vielen Belangen. Ich war in Thailand in einem Schweigekloster. Ganze zwei Wochen lang. Zwei Wochen zu schweigen, das ..." Sie öffnete wieder kurz die Augen. „Seid ihr schon mal in einem Schweigekloster gewesen?" Wir schüttelten beide den Kopf und sie fuhr fort: „Das macht etwas mit dir. Also, die ersten drei Tage war es ein Hin und Her zwischen Gelangweiltsein und dem Genießen der Stille nach all dem Trubel. Und dann irgendwann fängt dein Gehirn an, jede noch so kleine Erinnerung durchzugehen. Als würde man sein eigenes Archiv neu ordnen. Das heißt aber vorher natürlich auch: einmal alles rausholen. Ich habe zwei Tage lang nur geweint. Beinah ununterbrochen geweint. Das waren vielleicht die zwei anstrengendsten Tage meines Lebens. Ich habe geweint und mich erinnert und auf all die Fragen keine Antwort bekommen, weil ich sie niemandem außer mir selbst stellen konnte. Irgendwann hat mich eine andere der Teilnehmerinnen in den Arm genommen und mich erst wieder losgelassen, als ich aufhörte zu weinen. Sie hat mir stundenlang den Kopf gestreichelt und war da. Sie hat mir, ohne etwas zu sagen, Antworten gegeben, die restlichen Fragen verscheucht. Sie kamen wieder. Aber irgendwann: habe ich meinen Frieden damit gefunden, dass ich manche Antworten niemals erhalten werde. Dass ich sie weder suchen, noch finden muss.

Ich habe so viele inspirierende Menschen getroffen. Ich habe einen Monat mit einer Schweizer Familie am Strand von Nusa Dua verbracht. Diese Familie war so friedlich, so rein, so liebevoll. Sie lebten autark in ihrer kleinen Hütte. So richtige Aussteiger, wisst ihr. Selbst der Kleinste, er war gerade drei Jahre alt, meditierte bereits zusammen mit den Eltern. Dort war die Welt in Ordnung und ich dachte eine lange Zeit, dass ich genau das auch will. Ich wurde vegan und verbrachte noch mehr Zeit auf Bali. Dort schrieb ich viel. Und während ich so von Oase zu Oase reiste, blendete ich vollkommen aus, was da noch war. Am Wegesrand. Ich nahm immer mehr Abstand von der Marleen, die ich war, bevor ich Amsterdam verlassen hatte. Ich bin jetzt neunundzwanzig –"

„Was? Du bist neunundzwanzig?" Ich hatte sie maximal auf fünfundzwanzig geschätzt. Und ja, das machte einen Unterschied.

„Ja … ich habe Politikwissenschaft studiert. Im Bachelor und auch Master. Und dann habe ich drei Jahre bei einer Zeitung gearbeitet und über Politik geschrieben. Das war oft frustrierend und den Frieden, den ich gefunden habe, brauchte ich dringend. Aber jetzt, da ich bald wieder zurückkehre, verändert sich meine Perspektive noch mal. Ich habe endlich angefangen, mich wieder regelmäßig mit den Nachrichten der Welt zu beschäftigen, damit, was in Europa überhaupt gerade so passiert. Ich habe viel nachgedacht, über meinen Frieden. Wie viel ist dieser wert, wenn er nur dann Bestand hat, wenn ich mich vom Rest der Welt abkapsele?

Ich habe also all diese inspirierenden Menschen getroffen, die mir so viele weise Worte mit auf den Weg gegeben haben. Und ich frage mich jetzt: Hat das in meiner Welt Bestand? All die Yogis, die ich getroffen habe, waren so weit weg von dem, was in der Welt passiert. Weil sie sonst aus der Balance kommen würden? Ich glaube das nicht. Einige meiner Mentoren waren so ruhig, so friedlich, weise beinah – und jetzt sitze ich hier und komme nicht umhin enttäuscht zu sein. Wieso behalten sie all das für sich und die Menschen, die schon den Weg in ihre Richtung eingeschlagen haben? Wieso nutzen sie ihre Stärke nicht für mehr als ihren eigenen Seelenfrieden?

Ich möchte diese zwei Welten, die ich jetzt kennengelernt habe, vereinen. Viele meiner Freunde zu Hause, viele meiner ehemaligen Studienkollegen, mein Netzwerk in den Niederlanden, arbeiten in der Politik, sind angestellt bei großen Wirtschaftsunternehmen ... und ich habe beobachtet, jetzt hier aus der Entfernung, dass diese Menschen, ihren Antrieb ausgeblendet haben. Ausblenden mussten. Weil der Stress, weil Geld, weil Macht ihren Blick getrübt haben. Ihre Erinnerungen immer mehr verschwimmen ließen. Aber was wäre denn, wenn wir diese beiden Welten vereinen könnten? Wieso können sich Yogis nicht mehr für Politik einsetzen, mit derselben Leidenschaft, wie sie das für ihren persönlichen Frieden tun? Wieso können sie nicht ein bisschen davon abgeben? Und was wäre, wenn Politiker und Entscheidungsträger der Wirtschaft mehr an ihrer persönlichen Balance arbeiten würden? Wenn sie täglich Yoga praktizieren könnten? Meditieren? Auch mal schweigen? Wieso räumen wir den Menschen, die unser Zusammenleben organisieren, nicht Zeit für ihren Frieden ein? Politiker haben Berater aus jedem Bereich der Wirtschaft und Wissenschaft. Ja, was wäre, wenn sie auch alle einen Yogalehrer, einen spirituellen Begleiter hätten? Tägliche Meditation und genau die Heilung, die sie benötigen? Für sich selbst und gegen all das Grauen, mit dem sie sich jeden Tag auseinandersetzen müssen und sollten und gegen das sie doch eigentlich ankämpfen wollten, nicht Teil davon werden. Also das ist es, was ich mir zur Aufgabe mache: Ich will diese zwei Welten, die ich kennen- und lieben gelernt habe, vereinen. Ich bin noch nicht ganz sicher, wie das funktionieren wird, wie ich das angehen werde. Aber das ist mein Warum, glaube ich."

Sie schaute uns an. Mutig und zuversichtlich.

„*Go for it!*", sagte ich und fühlte mich im selben Moment irgendwie merkwürdig. Diese drei Worte klangen so banal. Aber das ist alles, was mir dazu einfiel. Mir, die eigentlich immer einen Haken findet, stets kritisch und skeptisch ist. Ich sagte „*go for it*". Und meinte es. Meine Augen leuchteten.

Genau in diesem Moment warf sich Jake mit Schwung auf das Bett und wir fingen an zu schaukeln.

Mit seinem starken südafrikanischen Akzent fragte er uns, was los sei, wir würden so nachdenklich wirken. Marleen stand auf, schob sich die Sonnenbrille wieder auf die Nase. „*Thank you, girls*. Fürs Zuhören. Ich habe das vorher noch nie jemandem erzählt und jetzt, da ich es ausgesprochen habe, macht es irgendwie noch mehr Sinn. Danke. Wirklich!" Sie ging Richtung Wasser und spazierte den Strand entlang.

Wir verabschiedeten uns später am Tag.

„Ich buche gerade mein Hostel in Marokko. Mein letzter Stopp auf dieser Reise. Bevor dann eine neue aufregende Zeit losgehen wird."

„Ich wünsche dir das Beste, Marleen", sagte ich. „Erfolg vor allem! Viel Erfolg mit diesem Vorhaben."

„Wir haben deine Antwort vorhin gar nicht mehr anhören können, Luise", sagte sie und schaute mich an.

„Ich muss meine Gedanken ordnen. Ich weiß nicht genau …"

„Ich habe euch die Frage gestern nicht gestellt, weil ich meine Antwort bereits parat hatte und sie euch erzählen wollte. Wie ich es euch gestern gesagt habe, ich habe meine Antwort vorher noch nie ausgesprochen. Ich habe meine Gedanken vor euch sortiert, geordnet, in Reihenfolge gebracht. Während ich erzählt habe, hat plötzlich alles Sinn gemacht. Gedanken herauszulassen, Worte helfen uns dabei, unsere Gedanken zu ordnen. Während du Buchstaben aneinanderreihst, tust du das auch mit deinen Ideen." Aufschreiben, aussprechen. „Ihr habt mich gestern angesehen, mir zugehört. Einfach nur zugehört und dieser Raum hat es mir ermöglicht, meine Antwort klar zu sehen. Gemeinsam mit euch. Ihr habt mir leere Zeilen gegeben. Die Säulen deiner Antwort sind bereits da. Also lass dir Zeit, aber scheue dich nicht davor, Fremden von deinen Ideen zu erzählen. Gemeinsam ist es einfacher, auch wenn es scheint, dass die Zuhörer gar nichts weiter tun, als eben zuzuhören. Dabei ist das so viel wert. Alles vielleicht sogar.

Ach und: Actun Tunichil Muknal. Das ist eine Höhle in Belize. Das ist das Schönste, was ich je gesehen habe", sagte sie, setzte ihren Rucksack auf, zwinkerte uns zu und ging.

Actun Tunichil Muknal – ich nickte noch immer, schloss die Augen und sah genau das, was ich in der Höhle gesehen hatte, als ich vor drei Jahren hineingetaucht war: nichts und alles.

TREIBHOLZ

JOSÉ - BOCAS DEL TORO, PANAMA

„GET ON YOUR BOARD, LUISE!"

Direkt peitschte mir die nächste Welle gnadenlos ins Gesicht und trieb mich, wie ich da verzweifelt mit einem Arm an meinem Surfboard klammerte, noch ein Stück weiter Richtung Riff. Mit einem starken spanischen Akzent schrie mir mein Surflehrer noch mehr Tipps über die Wellen zu, die mich immer weiter von ihm wegtrieben. Ich war müde. So unglaublich müde. Und wütend – weil er mich nicht einfach in Ruhe ließ und mir aber auch nicht half (das dachte ich jedenfalls anfangs). Irgendwann schaffte ich es wieder aufs Board und wir paddelten zurück – ich kniff angestrengt die Augen zusammen und stieß mich mit letzter Kraft ab.

Ich hatte die Flüge nach Panama ungeduldig gebucht. Irgendetwas in mir verlangte nach einem neuen Abenteuer. Sofort! Der Tag vor meiner Abreise – ich trug mein rotes Lieblingskleid, hatte meine blonden Haare hochgesteckt – war einer dieser schönen ersten Sommerabende im Jahr. Wir saßen an der Spree, tranken Bier und die Sonne ging erst nach 21 Uhr unter in Berlin. Und als sie wieder aufging, musste ich mich verabschieden. Ein bisschen langsamer als sonst und mit einem Schmerz in der Brust spazierte ich mit meinem Gepäck auf dem Rücken zur Tramhaltestelle. Da war ein ungewohntes Gefühl – Heimweh? Ich hatte noch nie wirklich Heimweh empfunden. Doch an diesem warmen Morgen im Mai war es da, obwohl ich noch nicht mal weg war.

Die Anreise nach Bocas del Toro, einer kleinen Inselgruppe vor der Pazifikküste Panamas, war anstrengend und nervenaufreibend – als wollte sie mich von dem Gefühl im Magen, im Herzen ablenken: ein Sprint durch

Amsterdam Schiphol, ein Hurricane über Panama-Stadt, der den Piloten zum Durchstarten zwang und uns einen außerplanmäßigen Halt in Kolumbien bescherte, und schließlich verlorenes Gepäck. Das Ablenkungsmanöver funktionierte nicht. Ich hatte Heimweh – bis: ich die kleine Leiter zu meinem Bett im Sechsmannzimmer irgendwo in Panama-Stadt hinaufkletterte. Ich atmete tief aus und kippte den Inhalt meines Handgepäckrucksacks auf dem weißen Laken aus. „Hey du!" rief ich lauter, als ich es beabsichtigt hatte, hinüber. „Kann ich mir eventuell Zahnpasta von dir ausleihen?"

Der gerade noch (und jetzt schon nicht mehr) fremde Typ, der in dieser Nacht neben mir schlafen sollte, nahm die Kopfhörer von den Ohren, nickte und murmelte etwas auf Schweizerdeutsch, als er umständlich die kleine Leiter nach unten kletterte, seinen Spind aufschloss und mir schließlich eine Tube Zahnpasta entgegenhielt. „Hier!", sagte er und lächelte unsicher.

„Und hast du vielleicht auch ein frisches T-Shirt, das du heute Nacht entbehren kannst?"

„Luise!", zischte meine Freundin Lena, die mich auf dieser Reise begleitete (in diesem Augenblick waren wir uns eigentlich fast auch noch fremd), aus dem Bett unter mir. „Du kennst ihn doch gar nicht."

Mit einem Sorry wandte sie sich an ihn, der schon dabei war, seinen Rucksack nach frischer Wäsche zu durchsuchen. „Brauchst du vielleicht auch eins?"

„Danke!", knirschte sie und schon standen wir gemeinsam in viel zu großen, aber frischen Shirts im Badezimmer und putzen mit unseren Zeigefingern und etwas Schweizer Zahncreme unsere Zähne.

Die Bauchschmerzen waren verflogen. Ich war angekommen, von der einen in die andere Komfortzone gereist.

„It's your turn, Luise!", schrie er, blickte streng zu mir herüber und winkte mich heran. Er sieht albern aus mit seinem Hut und der dicken Schicht pinkfarbener Sonnencreme auf seiner Nase, dachte ich. José schaute mich ungeduldig an, ich legte mich, ohne etwas zu sagen, auf mein Board und paddelte in seine Richtung.

„Dieses *Set* ist gleich vorbei, dann haben wir nur ein paar Minuten Zeit bis zum nächsten und um dorthin zu paddeln, wo du das weiße Wasser siehst, okay? Dort wird dann ungefähr auch der *Peak* der nächsten Wellen sein und genau da wollen wir hin. Dort hat die Welle am meisten Kraft", erklärte er mir, bevor ich überhaupt neben ihm angekommen war. *Peak*, Kraft, *Set* – zum zweiten Mal an diesem Tag ratterte er genau dieselben Worte herunter. Ich nickte trotzig, eigentlich nur, damit er aufhörte zu reden. Mir war kalt und diese Wellen hier waren so viel höher, so viel angsteinflößender als die vor Sansibar. Das Wasser war dunkel. Wir wollten zum *Peak*? Also ich definitiv nicht.

Ich war entspannt und betont cool gewesen, als wir gegen Mittag in der kleinen Surfschule angekommen waren. „Ja, ich kann surfen", hatte ich gesagt und dabei wissend genickt. Nach ein paar Trocken-übungen nahmen wir ein Boot raus aufs Wasser und als wir an dem Surfspot, an welchem wir den Großteil unserer Zeit verbringen soll-ten, angekommen waren, verschwand meine Gelassenheit schlagartig. Das Boot schaukelte wie verrückt, Wasser spritzte in den Innenraum und die Wellen überschlugen sich mit einem Getöse, das so gar nicht zu dieser Umgebung passen wollte. Wir saßen da mit unseren oran-ge leuchtenden Schwimmwesten, die Haut blass vom trüben Berliner

Frühlingswetter, und waren müde, weil wir den Vormittag bereits mit spanischer Grammatik in den von der Klimaanlage unterkühlten Räumen der Sprachschule verbracht hatten.

Ich konnte nicht surfen – das war das Einzige, was ich in dieser ersten unserer Surfstunden lernen sollte. Vielleicht war es einfach nur das, was mich so patzig und trotzig hatte werden lassen. Vielleicht waren es auch die Müdigkeit und die lange Anreise, die mir noch immer in den Knochen steckte. In dem Moment war ich einfach nur wütend und enttäuscht und schob es darauf, dass er so ruppig mit uns umging. Er erkannte meine Angst nicht an, er hörte nicht zu, er teilte Befehle aus und schrie und sobald ich irgendwie wieder auf dem harten Board lag, prasselten seine Tipps und Hinweise auf mich ein. *„Nothing is what it looks like"*, hatte er ungefähr zwanzigmal gesagt und mich damit immer nur noch angriffslustiger gemacht. Doch die Erschöpfung hatte mich fest im Griff und so erwiderte ich nichts.

Ich wusste nicht, wie lang wir im Wasser gewesen waren, aber als wir uns mit letzter Kraft wieder in das kleine Fischerboot hieften, trank ich meine Wasserflasche in einem Zug leer, schloss die Augen und mir liefen Tränen über die sonnenverbrannten Wangen. Fühlte sich beinah vertraut an, nach einer ersten Surfsession in Tränen auszubrechen. Auch diesmal liefen sie einfach so, beinah unbemerkt, über meine roten Wangen. Nur anders als auf Sansibar waren es diesmal die Müdigkeit und der Gedanke daran, dass die Liebe, die ich niemals bereuen könnte, uns trotzdem wie Sand durch die Finger geronnen war.

Die Wochen auf Bocas del Toro vergingen wie im Flug, was vor allem daran lag, dass jeder Tag exakt gleich ablief: Pünktlich um 7 Uhr morgens klingelte der Wecker und während ich verschlafen meinen schwarzen Kaffee trank und Lena ihre Füße ins Wasser hielt, torkelten die letzten Partywütigen gerade in ihre Zimmer. Neben leer getrunkenen Tequilagläsern erledigten wir noch schnell die Hausaufgaben und machten uns dann schweigend auf den Weg zur Sprachschule. Ich hatte Einzelstunden, da es gerade keinen anderen Schüler meines Levels gab, und Lena interpretierte eine Etage weiter oben spanische Gedichte. Wenn der Unterricht beendet war, aßen wir möglichst schnell ein möglichst kalorienhaltiges Mittagessen und hetzten dann in die Surfschule am anderen Ende der Insel. Jeden Tag begrüßte José uns mit einer sanften, aber ehrlichen Umarmung. Dann setzte er seinen albernen Hut mit den Klappen für die Ohren und den Schnüren, die er sich unterm Kinn zusammenband, auf, schmierte sich zwei Schichten Sonnenschutz auf die Lippen und den Nasenrücken und klatschte euphorisch in die Hände. Und dann: raus ins Wasser.

Jedes Mal (und es waren viele Male), wenn ich wieder auftauchte, nachdem mich eine Welle einmal um mich selbst gedreht und dann wie einen Happen ungenießbares Essen ausgespuckt hatte, prasselte er mit Ratschlägen auf mich ein. Ich hatte es gelernt, loszulassen in solchen Momenten, nicht gegen die Kraft des Wassers anzukämpfen, die Kontrolle für einen Augenblick abzugeben. Aber das kostete mich Energie und Mut. Jedes Mal aufs Neue. Ich versuchte so sehr, ruhig zu bleiben und nicht in Panik zu verfallen. Zwischendrin schrie er über die Wellen hinweg: „Paddle! Du treibst schon wieder hinaus!"

„Ich kann nicht mehr! Meine Arme sind einfach zu schwach!", blaffte ich zurück und als ich wieder einmal zu früh, zu voreilig, zu ängstlich versucht hatte, aufzustehen, rief er mir, kurz bevor mein Kopf unter Wasser tauchte, noch einen Verbesserungsvorschlag hinterher. Er wollte, dass ich die Bewegung des Wasser spürte und jeden Schritt genau so ausführte, wie er es sagte. Dabei hatte mir Jake das doch alles irgendwie ganz anders erklärt. Oder? José wollte, dass ich hinter mich guckte, aber doch eigentlich nur nach vorn. Ich sollte schnell, aber nicht hektisch aufstehen, vor allem im richtigen Augenblick. Und dann immer genau dort, wo die Welle am höchsten, am lautesten war. „Das ist zu viel. Ich schaffe das nicht!", rief ich und er hörte schon gar nicht mehr hin. Wieder wurde ich durchgespült, mein Surfbrett knallte mir an den Kopf, für einen Augenblick bekam ich keine Luft und ich begriff, dass mir diese Reise so viele Herausforderungen und Lektionen mehr entgegenschmetterte als ein paar spanische Vokabeln.

Wenn wir dann am Ende der dreistündigen Session völlig ausgelaugt auf den schmalen Brettern des Bootes saßen, José den Motor anschmiss, rief er noch mal *„Nothing is what it looks like!"* über den Lärm hinweg. Oh Mann, wo hatte er das denn nur aufgeschnappt? So ein typischer Spruch, der alles und doch irgendwie nichts sagte und deswegen immer passte – außer hier, verdammt. Die Wellen sind extrem hoch und extrem angsteinflößend, dachte ich, schob mir die Sonnenbrille aufs Gesicht und dann fuhren wir, wie jeden Abend, der untergehenden Sonne entgegen. José setzte uns direkt am Steg unseres Hostels ab. Mit letzter Kraft kletterten wir möglichst elegant vom Boot auf den Steg – Lena und ich lächelten uns dann immer an und waren doch ein bisschen stolz auf uns, wenn die anderen neugierig „Seid ihr surfen gewesen?" zu uns herüberriefen und wir nur lässig nickten und José mit einer immer freundlicheren Geste verabschiedeten.

„Barbecue at the surf school tonight. You girls wanna join?" Die Nachricht erreichte uns unerwartet gegen 21 Uhr. Wir hatten die Surfschule erst vor einigen Stunden verlassen. Es war Freitag und das bedeutete, dass wir am nächsten Tag ausschlafen konnten. Ich fühlte mich wohl, hatte meine erste Flasche panamaisches Bier in der Hand und war bereit für eine Hostelnacht, auch wenn wir, immer noch und immer, müde waren. Ich hatte eigentlich keine Lust, schon wieder in die Surfschule zu laufen, die ganze Woche über hatte ich keinen Draht zu José finden können. Eigentlich wäre ich lieber im Hostel geblieben. Zehn Minuten später brachen wir dennoch auf, kauften Gemüse im Supermarkt, der auf dem Weg lag, und fanden uns nach weiteren dreißig Minuten an der Anlegestelle des kleinen Bootes, mit dem wir täglich zum Surfen hinausfuhren, wieder. Fünf Leute standen mehr oder weniger unbeteiligt herum. Chicho, der spanische Tauchlehrer, wendete das Fleisch auf dem Grill, die Hunde spielten im Wasser, die Katze streckte sich genüsslich auf einem der Plastikstühle. Wir begrüßten José, als wäre er ein jahrelanger Freund, packten unser Gemüse und die Bierdosen auf den Tisch und setzten uns betont lässig auf die Bänke, die aus maroden Paletten gebaut worden waren und hier zwischen Tauch- und Surfequipment standen.

Wir saßen lange beisammen an diesem Abend. Immer mal wieder kamen neue Menschen dazu und dann gingen sie wieder. Es wurde gegessen und geraucht und ich machte mir ein Bier nach dem anderen auf. Nachdem es dunkel geworden war, wurde nur noch Spanisch gesprochen. Ich saß da, verstand das meiste, konnte aber nichts sagen. Dafür war mein Spanisch noch zu schlecht und ich zu müde. Also saß ich einfach nur da und beobachtete die Situation. Von Minute zu Minute schien José jünger zu werden. Später erst fand ich heraus, dass er Anfang vierzig gewesen ist. Doch an diesem Abend, als er erst seinen Sonnenhut und schließlich seine ernste Miene ablegte, hätte er auch wieder in unserem Alter sein können und etwas in mir wurde den Gedanken nicht los, dass er sich das auch gewünscht hatte.

Am nächsten Morgen fuhren wir wieder raus – gemeinsam mit José. Jetzt als Freund und nicht als gebuchtem Lehrer. Während ich am Anfang immer nur den Tränen nah gewesen war, begriff ich irgendwann, dass es wieder mal *nur* die Angst war, die ich hinter mir lassen musste. Ich erinnerte mich immer wieder an Jake und was er gesagt hatte und dass es also doch genau dasselbe nur mit anderen Worten, einem anderen Akzent war. Daran, dass die Gedanken und Zweifel immer noch oder schon wieder dieselben waren. Und diese Erkenntnis ließ mich noch mehr in Unsicherheit verfallen. Ganz gleich, wie viele Wellen mich durchspülten und wie viel Salzwasser ich hysterisch aushustete, ich wollte die Gedanken nicht loslassen. Konnte es nicht. *„Nothing is what it looks like, Luise",* sagte er wieder und ich verdrehte kaum merklich die

Augen. Er hatte es gesehen und sagte dann: „Du verstehst nicht, was ich damit meine, oder?"

„Nein, tue ich nicht, denn: Die Wellen sind verdammt hoch und kraftvoll und gefährlich."

Jetzt hatte ich doch wieder Tränen in den Augen.

„Was denkst du, wie hoch die Wellen sind, Luise?", fragte er mich ruhig und setzte sich auf sein Board. Es war das erste Mal, dass er auf etwas, was ich sagte, auch reagierte.

„Ich weiß nicht, so drei oder vier Meter vielleicht schon am *Peak*."

„Am *Peak* messen die Wellen hier ungefähr zwei Meter, vielleicht zwei-einhalb, meistens aber unter zwei. Die Wellen sind nicht so hoch, wie du sie einschätzt. Die mögen höher sein als die, die du von Sansibar gewohnt warst, aber sieh es doch mal andersherum, dreh den Vergleich doch mal um: Die Wellen vor Sansibar waren einfach kleiner als die hier. Und unsere Wellen sind, genau wie du sagst, kraftvoll. Und das heißt nicht, dass sie gefährlich sind, sondern stark genug, dich wirklich tragen zu können."

Wir waren von der Strömung bereits weiter weggetrieben worden und die anderen Surfer an diesem Samstagvormittag sahen ganz klein aus, wie sie nebeneinander nach dem nächsten *Set* Ausschau hielten.

„Von hier aus sehen die Wellen schon viel kleiner aus, das heißt aber nicht, dass sie auch real kleiner sind. Und wenn du dich in dem Moment umdrehst, in dem die Welle ganz dicht hinter und beinah über dir ist, dann erscheint sie natürlich größer, aber das macht sie nicht größer."

Der eigenen Wahrnehmung nicht zu vertrauen, hatte absurd für mich geklungen, als er mir den Satz zum ersten Mal entgegengeschmettert hatte. Jetzt machte das schon mehr Sinn. „Es geht nicht darum, dass du dir selbst nicht vertraust. Ich sage nur, dass das, was du auf den ersten Blick zu erkennen vermagst, was du im ersten Moment denkst oder fühlst, immer wieder justiert werden muss. Schau noch mal hin. Relativiere! Vertraue deinem Blick, deinen Sinnen, deiner Intuition, deinen Ängsten, aber nimm sie nicht zu ernst. Wir werden ohnehin nie gänzlich begreifen können. Eine Situation erscheint aussichtslos – ist sie nicht. Eine Aufgabe scheint unüberwindbar – nein. Du hast jeden Tag der Woche nach dreißig Minuten gesagt, du könntest nicht mehr, und hast dann doch bis zum Ende durchgehalten. Es ist uns Menschen nicht möglich, irgendwas einfach nur abzubilden. In dem Moment, in dem wir unseren Blick auf etwas werfen, verändern wir es."

Am Ende des Tages stand ich das erste Mal selbstsicher auf dem Board und surfte eine Welle, die sich vier Meter hoch anfühlte und es wohl aber doch *leider* gar nicht war. Als ich José neben mir schreien und lachen hörte, schwappte sein Stolz zu mir herüber. Ich grinste ununterbrochen, versuchte es wieder und es gelang mir noch mal. José surfte die meisten Wellen an diesem Tag mit mir zusammen. Ganz unverhofft tauchte er immer wieder neben mir auf, klatschte ab und sprang kopfüber ins Wasser. Ich hatte es geschafft!

Erst am Abend, erschöpft und glücklich im Bett, bemerkte ich, was das auch bedeutete: Ich hatte gänzlich losgelassen.

Von diesem Tag an paddelte ich alleine durch den Ozean, beobachtete die Wellen, suchte mir meine aus und stand. Von Welle zu Welle wurde ich sicherer und euphorischer und leichter. Das Schönste an all dem aber, das erkenne ich jetzt rückblickend und wenn ich mir die Situation vor meinem inneren Auge und Herzen abspiele, war, dass José an mich geglaubt hatte, mich dazu gebracht hatte, das zu tun, was ich im Stande war zu tun, und ich schließlich anerkannte, dass ich mich getraut und selbst übertroffen hatte. Jedes Mal, ganz gleich, wo er gerade war, wusste ich, dass er nach mir schaute und sich freute und grinste und euphorisch eine Faust in die Luft streckte. José hatte mich nicht unterschätzt und aufgegeben, er hatte meine Ängste nicht ignoriert oder belächelt, er hatte sie so viel deutlicher sehen können als ich selbst und sich ihnen gemeinsam mit mir entgegengestellt. Er hatte mir etwas gegeben, wonach ich mich seit so vielen Jahren gesehnt hatte. Das fühlte sich an, als ob man Heimweh stillt.

Er war ein unglaublicher Lehrer.

An unserem letzten Tag, kurz bevor wir die Fähre zurück ans Festland nehmen mussten, trafen wir José zu einer allerletzten gemeinsamen Surfsession. An diesem Tag fühlte es sich an, als hätten wir nie etwas anderes gemacht. Sein Lächeln war sanft und warm und sein Stolz über meine Fortschritte überragte meinen eigenen. Das fühlte sich gut an: jemanden stolz zu machen. Er hatte erkannt, was es brauchte, was ich brauchte, und er hat es mir gegeben. Die Strenge und die Forderungen der ersten Woche hatten mich wahnsinnig gemacht, aber eben auch nicht aufgeben lassen. Sanftheit, Tiefgründigkeit und das Wissen, dass wir das gemeinsam geschafft haben. Ich war nicht allein auf und mit den Wellen. Ein letztes Mal wickelte ich die *Leash* um *mein* Board. Wie schnell man auf Reisen Gegenstände als die eigenen beansprucht und auch als solche behandelt und ins Herz schließt. Mein Bett, mein Board, unsere Stelle am Strand – und irgendwann reist man ab und nimmt nur die Erinnerungen mit und ein bisschen Strandgut vielleicht, ein bisschen Sand im Schuh und den Rest lässt man bereitwillig zurück. Man würde nie auf die Idee kommen, dass der nächste Besitzer, Reisende die eigene Erfahrung mildert. Wieso also wünschen wir uns dann bei Menschen und Geliebten so sehr, dass er oder sie für immer nur uns selbst gehören würde?

„Habt ihr noch ein bisschen Zeit? Ihr solltet noch etwas essen, bevor ihr euch auf den Weg macht!", rief José über den Motorenlärm hinweg, Lena und ich grinsten ihn breit an und schon legte das Boot an einem kleinen Steg an, der einfach irgendwo im Meer begann und endete. Eine handvoll Tische, bunte Kissen, ein Grill und eine Kühltruhe. Was für ein perfekter, leichter Abschluss das werden würde.

„Auf euch, Mädels!", sagte José feierlich und wir hielten unsere Gläser in die Mitte. „Und auf dass wir uns bald wiedersehen." Sein Gesicht sah traurig aus, als ich ihm gestand, dass ich nie zweimal an denselben Ort reiste. Ich erzählte ihm, wo es für mich als Nächstes hingehen würde, wo ich gern mal surfen wollte und dass wir uns doch dann dort treffen könnten. Und mit einem Mal sprudelten die Worte, wie damals bei Chris, aus ihm heraus, als wollte er unser Bild von ihm noch schnell gerade-, ins richtige Licht rücken oder da heraus: „Ich komme aus Venezuela und lebe jetzt seit sechs Jahren hier auf der Insel. Ich weiß nicht, ob ich sie je wieder verlassen werde."

Ich lachte und hielt augenblicklich inne: Das hatte er ernst gemeint.

José hatte nie viel von sich erzählt. Meistens war er bekifft und alles fühlte sich immer so leicht an in seiner Umgebung. Wir waren uns ziemlich sicher gewesen, dass er Spanier war, und waren dadurch automatisch davon ausgegangen, dass sich seine und unsere Biografien nicht allzu sehr unterscheiden könnten und dass sich unsere Wege bald wieder kreuzen würden. Wir lagen falsch. Das hätten wir ahnen können, die Gesellschaft der Menschen, die es am schwersten haben, fühlt sich so oft am leichtesten an.

José erzählte uns vom Scheitern, vom Aufgeben und Loslassen – und wie er das seine Zwanziger über eigentlich andauernd gemacht hatte. Weil er erschöpft war, gelangweilt, ausgebeutet. Eigentlich habe er nur immer wieder neu angefangen und war darauf auch mächtig stolz, aber schließlich fühlte es sich doch immer nach Versagen an, wenn sein Vater nur anteilnahmslos nickte oder den Kopf schüttelte oder irgendetwas dazwischen – es war stets nur eine genuschelte Geste. Nicht mal dafür hatte seine Liebe noch gereicht. Sein Vater hatte sich etwas anderes für ihn gewünscht oder für sich. Erst als José dreißig wurde, verstand er, dass er den Erwartungen seines Vaters niemals gerecht werden konnte – weil dieser das gar nicht wollte. Vielleicht hatte er deswegen das richtige Gespür dafür, was Menschen tatsächlich in der Lage waren zu tun und zu erreichen, und war darauf so unglaublich stolz. Er gab das, was er selbst immer so dringend gebraucht hatte und ihm doch immer verwehrt worden war. Was für eine wundervolle Gabe.

„Irgendwann musste ich ohnehin das Land verlassen."

Das sagte er mit einem beiläufigen Unterton. In einen Nebensatz hatte er seine Flucht gewickelt, als würden wir uns die Geschichte wie einen Rest Nudeln für den nächsten Tag in den Kühlschrank legen müssen. Zu viel für heute. Er sprach direkt weiter (ohne uns die Chance zu geben nachzufragen): „Irgendwie landete ich dann hier auf Bocas. Das ist jetzt fünf Jahre her. Vor fünf Jahren hat ein ganz neues Leben begonnen."

Er klang verwundert, als wäre ihm gerade erst selbst aufgefallen, dass schon so viel Zeit vergangen war. Als er hier ankam, hatte er nichts. Drei Tage lang hatte er nicht einen Schluck Wasser trinken können, er saß am Straßenrand und dachte, er müsse verdursten. Er war so müde, so schlapp, dass er sich einfach rücklings auf die Straße legte. Und da hing sie über ihm: eine junge, leuchtend grüne Kokosnuss, die nach Freiheit roch. Halb benommen kletterte er mit letzter Kraft auf die Palme und trank die Kokosnuss, noch da oben hängend, in einem Zug leer. Das war einfacher, als er angenommen hatte, also war er gleich noch mal hinaufgeklettert und hatte Kokosnüsse gesammelt und diese für umgerechnet 40 Cent an die umliegenden Restaurants verkauft.

Während der dreißig Minuten, die es brauchte, um sein Leben zu skizzieren, kam ich nicht umhin, mich zu fragen, wie unterschiedlich die Spektren unserer Gefühle sind. Ich erinnerte mich an meinen Deutschlehrer, der mir vor Jahren erklärt hatte, was anthropologische Konstanten sind und dass uns Menschen seit jeher und für immer dieselben Dinge beschäftigten, und wie sehr ich daran geglaubt hatte. Als ich mit Lamarana über Enttäuschung sprach oder mit Axel über die Liebe. Aber durstig war ich noch nie gewesen oder hungrig. Ich hatte noch nie für 40 Cent gearbeitet und werde es wohl auch nie müssen. Der kleine Steg, der irgendwo im Wasser begann und endete, fühlte sich gerade so endlos lang an und José so weit weg und gleichzeitig so nah, während er da saß und in bunten Bildern erzählte, wie sein Leben bisher verlaufen war.

Er hatte in der Zwischenzeit seinen Reisepass aus seiner kleinen grauen Umhängetasche gekramt, in Folie eingeschlagen und schon ein paarmal nass geworden. Er war seit drei Jahren abgelaufen.

Das war das erste Mal, dass José uns etwas von sich erzählte. Ich weiß nicht, ob vorher die Zeit gefehlt hatte oder die Nähe oder ob ich mehr hätte nachfragen sollen. Wir bezahlten das Essen, ich kaufte im angrenzenden Souvenirladen noch ein buntes Haargummi und wir fuhren, etwas langsamer als sonst, zurück zur Surfschule, wir umarmten einander und schlossen das kleine quietschende Gartentor hinter uns, als wir die Surfschule verließen – José spielte schon wieder mit seinem Hund, winkte uns und zündete sich einen Joint an.

Nichts ist, wie es scheint, dachte ich und fragte mich, ob er dabei die ganze Zeit auch an sich gedacht hatte.

Heimweh.

WIE SIEHT DIE DUNKELHEIT AUS?

LUCIANO – BOCAS DEL TORO, PANAMA

Jeden Tag brachte José uns mit dem kleinen Boot direkt zum Hostel. Müde und ausgelaugt vom Surfen, stolz und glücklich kamen wir an. Jeden Tag saßen neue braungebrannte Gesichter auf dem Steg unseres Hostels und schauten uns neugierig an, während wir erst unsere Taschen und dann uns selbst auf das nasse Holz beförderten, das Salzwasser vom Körper spülten und uns auf die Liegestühle fallen ließen.

Unser Hostel auf Bocas del Toro, einer Insel, die gerade noch so zur Karibik gehört, zählt für mich zu den besten Hostels, in denen ich je gewesen bin. Am Empfangstresen vorbei passierte man die offene Küche, etliche Tische und Couches und dann war da direkt das Meer. Ein breiter Steg, der mit Sitzsäcken, Sonnenliegen und einer Schaukel ausgestattet war, erstreckte sich über dem türkisblauen Wasser. Dieser Anblick, jeden Morgen stand ich hier und atmete, ließ kurz vergessen, wie dreckig, staubig und kaputt die Straßen auf der anderen Seite des Gebäudes waren.

Die Hauptstadt der Provinz, in der wir den Großteil unserer Zeit verbrachten, war kein besonders schöner Ort (um es gelinde auszudrücken): übeteuerte Cafés, verdreckte Strände, löchrige Straßen, bissige Hunde – alles genauso lieblos aneinandergereiht wie diese Worte. Erst als wir am Ende unserer Reise die umliegenden Inseln erkundeten, erkannten wir die Strände, die uns vorher bei der Online-Bildersuche versprochen worden waren. Das Viertel, in dem wir unseren Aufenthalt verbrachten, fühlte sich jedoch an wie ein dreckiger Randbezirk – und das Hostel, wie ein Schloss inmitten von Ruinen, erinnerte mich damit an den Ort, an dem ich aufgewachsen bin, und an meine Mutter, die es ebenso geschafft hatte, Blumen auf Asphalt blühen zu lassen.

„¡Hola, chicas!", rief jemand und bevor ich es als nervigen Anmach-spruch abstempeln konnte, blickte ich in Lucianos Gesicht, das so un-schuldig zu uns herübergrinste, dass man ihn einfach mögen musste. Er lachte (ich wusste nicht worüber) und half uns aus dem Boot. Ich war so müde, mir fielen fast die Augen zu, aber seine Energie schwapp-te zu mir über und ich musste augenblicklich grinsen. Innerhalb we-niger Augenblicke stellte er uns alle Neuankömmlinge vor, machte die richtigen Witze und stellte die passenden Fragen. Er merkte, dass wir ein wenig Ruhe brauchten, und setzte sich zur nächsten Gruppe. Immer wieder lachte er zu uns herüber und ich dachte: Wenn man die-ser Art von Mensch, von Charakter beim Reisen in einem Hostel be-gegnet, dann kann man sich sehr, sehr glücklich schätzen. Luciano war einer der Reisenden, die dann zufrieden sind, wenn sie andere zufrie-den gemacht haben. Er erinnerte mich an Jake.

Wir trafen uns zufällig im örtlichen Supermarkt, der sich unnatürlich anfühlte. Die kleine Insel war heruntergekommener, als ich es mir vor-gestellt hatte. Der einst strahlende Putz der Häuser blätterte ab, die Straßen voller Schlaglöcher waren übersät von Müll. Der Supermarkt aber, in dem ich nicht einen Einheimischen gesehen hatte, roch nach saurem Putzmittel, Äpfel waren in Folie eingewickelt und die Regale waren bis unter die Decke mit allem gefüllt, was man sich vorstellen konnte. Die Kassierer schauten mich immer schief an, wenn ich, wie in der Sprachschule aufgetragen, die wenigen Spanisch-Fetzen, die ich bisher gelernt hatte, zum Üben anwandte. Ich fühlte mich dabei nicht wohl. Die Klimaanlage ließ meine nackten Beine frösteln. Ich irrte durch die Gänge und wir waren unschlüssig, was wir an diesem Abend zubereiten sollten. Plötzlich legte jemand seine Arme um unsere Schultern und lachte laut und herzlich.

„Ach, *chicas*, schön, euch hier zu treffen!"

Innerhalb weniger Augenblicke entschieden Luciano, Charlotte, die anderen und ich, gemeinsam zu Abend zu essen.

„Vegan aber, okay?"

Für einen Augenblick blitzte Unsicherheit in seinen dunklen Augen auf, aber dann nickte er nur eifrig und widmete sich wieder dem Nudelregal, das wir bereits vorher fünf Minuten lang angestarrt hatten. Die Auswahl an Pasta war überwältigend dafür, dass der Laden gerade mal vier verschiedene Regale zu bieten hatte. Luciano las sich die Inhaltsstoffe durch und legte die erste Packung, die er gegriffen hatte, wieder zurück. Alle anderen waren hungrig, unruhig und ungeduldig. Aber davon ließ er sich nicht beirren und griff eine Packung nach der anderen, bis er eine Sorte Nudeln gefunden hatte, die keine Eier enthielt. Er tastete jede Avocado sanft ab. Wählte die prallsten Tomaten aus und roch genüsslich am Knoblauch. Ich musste grinsen. Ich wurde ruhig. Wir standen an der Kasse und legten alle unsere Dollarscheine zusammen. Luciano sah mich an, grinste und schubste mich ein bisschen vor. Ich war die Einzige der Gruppe, die nicht fließend Spanisch sprechen konnte, aber gerade dabei war, es zu lernen. Das wusste er und nickte mir aufmunternd zu. Ich stotterte den Satz, den ich mir zurechtgelegt hatte, herunter und als der Kassierer wieder nicht antwortete, war es Luciano, der mich in ein spanisches Gespräch verwickelte und mir geduldig zuhörte.

Wieder im Hostel angekommen, bat er uns, uns einen Drink an der Bar zu holen und den Sonnenuntergang zu genießen. Immer wieder tapste ich zu ihm in die Küche, bot ihm meine Hilfe an, deckte dann irgendwann den Tisch und setzte mich in seine Nähe. Wie liebevoll er in dieser überfüllten, dreckigen Küche, in der nur immer alle möglichst schnell fertig werden wollten, die Soße abschmeckte. Er stellte keine Fragen zu meiner Ernährung. Es dauerte über eine Stunde, bis er fertig war. Unsere Bäuche knurrten und das konnten selbst die Mojitos nicht mehr ändern. Auch Luciano sah längst hungrig aus. Ich sammelte die silbernen, prunkvollen Ringe ein, die er auf die Küchentheke gelegt hatte, und positionierte sie neben seinem Teller, gerade als Helena zurück ins Hostel kam. „Na, wo hast du denn wieder gesteckt?", fragte ich und lächelte.

Sie grinste und band sich die dunklen Haare zurück. „Wow, ihr habt gekocht? Wir waren essen, aber die Tacos waren winzig. Ich geh schnell noch etwas einkaufen und setz mich dann gleich zu euch, okay?"

„Nein, nein, iss doch einfach mit!", tönte Luciano aus der Küche und es war förmlich zu spüren, wie sehr er sich freute, dass unsere Runde noch größer wurde.

„Wirklich?"

Er nickte eifrig. „Klar, wieso nicht?"

Elegant drehte er die Spaghetti zu kleinen Türmen auf den fünf Tellern, die bereits auf dem Tisch standen. Ich war gerade mit einem weiteren Gedeck aus der Küche zurückgekommen, als Luciano Helena bat, sich auf seinen Platz zu setzen. Der Topf war schon fast leer. Er nahm mir den Teller aus der Hand, füllte sich den letzten Rest Pasta auf, zog sich einen Hocker heran und wir aßen. Luciano aß langsam, er hatte kaum etwas auf dem Teller. Immer wieder erkundigte er sich, ob es allen schmeckte. Eilte hin und her, organisierte den Salzstreuer, goss Wein nach und widmete sich dann langsam, beinahe behutsam seiner viel zu kleinen Portion. „Wirst du überhaupt satt, Luciano?"

Ich sah ihn an und schob ihm meinen Teller hin.

„Es schmeckt mir wunderbar, iss doch bitte auf, Luise!"

Luciano war immer ein bisschen zu laut, ein bisschen zu nah, ein bisschen zu viel. Und trotzdem oder gerade deswegen fühlte man sich augenblicklich wohl, wenn er einen umgab. Denn seine Lautstärke, Nähe, sein Viel hatten nichts mit Selbstdarstellung oder Narzissmus zu tun, sondern schlicht damit: dass er durchgehend darauf besonnen war, dass es allen gut ging. Wann immer jemand Neues im Hostel eintraf, nahm er sie oder ihn an die Hand, spendierte einen Drink und stellte jeden vor, suchte und fand Gemeinsamkeiten, schubste uns ins Wasser und lachte laut und ehrlich. Und bei all dem Übermut umgab ihn eine Sanftheit, die ich nicht oft bei einem Mann wahrgenommen habe. Am Abend, wenn wir beisammensaßen und Bier tranken, nahm er meine Hand und dann die nächste und massierte sie. Sanft und behutsam.

„Wer will als Nächste?", fragte er dann irgendwann und machte sich emsig an die Arbeit.

Ich wusste, dass er morgen abreisen würde. Zurück nach Costa Rica. Dahin zurück, wo er seit einigen Jahren wohnte. „Ich komme ursprünglich aus Venezuela, aber ich möchte nicht weiter darüber reden. Ich hoffe, du verstehst das", sagte er einmal ganz leise zu mir, als ich versucht hatte, mehr über ihn herauszufinden. Ich akzeptierte es, da ich wusste, er hätte mir alles erzählt, wenn ich danach verlangt hätte. Er hätte seinen eigenen Schmerz in Kauf genommen dafür, meinem Wunsch nachzukommen.

Also nickte ich nur und sagte: „Costa Rica, wie wunderschön! Wo denn da genau? Ich war damals in San Juan und …"

Wir saßen alle zusammen. Wie jeden Abend. Einige spielten Bierpong und ich war gerade noch in meine Spanischhausaufgaben vertieft, bei denen Luciano mir bisher jeden Abend geholfen hatte. An diesem, unserem letzten Abend war er vor einer Stunde gegangen, um seinen Koffer zu packen. Der Abend, bevor sich eine Gruppe auflöste, wurde meistens gefeiert. Also tranken wir. Nur Luciano, der fehlte, und irgendwie schien es niemandem aufzufallen. Mich ärgerte das, er war es doch, der uns alle zusammengebracht hatte, und morgen würde er abreisen und wir hatten jetzt nur noch diesen einen Moment unserer wenigen Momente übrig.

„Ich glaub, der packt und telefoniert mit seiner Mutter. Er ist heute nicht so gut drauf", lallte Philipp, als ich ihn nach Luciano fragte.

Ich lief die kleine Treppe hinauf, in seinem Zimmer brannte Licht, ich klopfte vorsichtig an und öffnete die Tür. Luciano trug eine Brille, hatte einen Pullover übergeworfen, der ihm viel zu groß war, und sah verändert aus. Älter. Allein. Er hatte nicht mit mir gerechnet. Er war gerade mal einfach nur Luciano. Ich blickte ihn fragend an und erst dann begriff ich, dass er am Telefon war. „Ich telefoniere gerade noch mit meiner Mutter. Genießt mal den Abend! Ich muss ohnehin noch packen – weißt du, ich habe so viele Souvenirs gekauft."

Er lachte schwach. Das erste Mal, seit ich ihn ein paar Tage zuvor kennengelernt hatte, klang das müde und fast nicht echt. Am liebsten hätte ich gesagt: „Du musst nicht lachen! Du musst mich nicht unterhalten! Es ist okay, es ist perfekt, wenn du einfach nur Luciano bist! Jetzt kann ich dich auch mal aufheitern!" Stattdessen sagte ich nichts, schloss die Tür hinter mir und richtete den anderen aus, dass er gleich kommen würde.

„Seiner Mama geht's nicht so gut. Die haben heute Mittag schon mal telefoniert."

„Und was ist los? Habt ihr darüber gesprochen?"

„Nein, das geht mich doch nichts an. Weiß nicht, er wird schon kommen, wenn er reden will", sagte Philipp, der gemeinsam mit Luciano im selben Schlafsaal übernachtet hatte.

Irgendwann nach Mitternacht kam Luciano aus seinem Zimmer, die Ringe an den Fingern, er hatte die Brille wieder abgesetzt. Wir sprachen nicht weiter darüber an diesem Abend und genau das schien er zu brauchen. Alle um ihn herum waren glücklich. Sehr sogar. Der Abend war ganz laut und dann wieder ganz leise und dabei so intensiv, dass er sich für immer in mein Gedächtnis gebrannt hat. Aber auf eine gute Art. Als ob man vergisst die Kerzen auszublasen und der Wachs dann langsam und zäh in den Holztisch läuft. Sehr, sehr gut.

Heute wünschte ich, ich hätte dieselbe überschwängliche, schamlose, liebevolle Sanftheit besessen wie Luciano. Ich wünschte, ich hätte mich getraut, ihm nahe zu sein. Er wollte keine Aufmerksamkeit, er wollte keine Zuneigung für sich – stets darauf bedacht, dass es allen um ihn herum gut ging. Er hat jeden so genommen, wie er war oder sein wollte.

Und ich bewundere ihn bis heute für seine Herzlichkeit, für seine Selbstlosigkeit und dafür, dass er ganz genau weiß, was er will.

WIESO EIGENTLICH NICHT NACH SÜDEN?

BELLA – BOCAS DEL TORO, PANAMA

Manchmal reicht eine Geste, die man, wie ein Kleidungsstück, schon oft an jemand anderem gesehen hat, der gleiche Name, ein bekannter Geruch – und die Erinnerungen und Gefühle an und für jemand anderen strömen in diese neue Figur. Als ich Bella kennenlernte, erinnerte sie mich sofort an die beste Freundin meiner Mutter und war mir damit auf Anhieb sympathisch – mit den groben Stiefeln und den wuscheligen blonden Haaren und wie sie da im Eingangsbereich unseres Hostels stand und rauchte, als wäre das gerade das Wichtigste der Welt.

Panama war für viele Langzeitreisende, die ich dort kennenlernte, der letzte Stopp ihrer monatelangen Reisen – das heißt: Die Leute waren dunkelbraun gebrannt, trugen etliche Armbänder der verschiedensten Hostels am Handgelenk und strahlten diese vollkommene Gelassenheit aus – oder war es Langeweile? Sie kifften viel und waren eigentlich immer müde. Lena und ich würden gerade mal drei Wochen in Panama verbringen und ich wusste schon jetzt, dass mir das nicht genug war. Wann immer ich mich mit einem unterhielt, der mir von seinen letzten neun Monaten in Südamerika erzählte, fühlte ich mich, als spielte ich im falschen Team. Ich schaute sie mit großen Augen an, sie hatten etwas, was ich verpasst hatte. Es waren jetzt gerade zwei Jahre vergangen seit dem Tag, an dem ich meine Diagnose erhalten hatte, meine geplante Reise nach Sri Lanka, die ohne Rückflugticket, nicht antreten konnte und schließlich entschied, das Leben als digitale Nomadin frühzeitig zu beenden.

„Ich muss jetzt mal anfangen zu studieren", sagten sie schwerfällig, als hätte ich es von ihnen erwartet und „Ich habe meinen Freund seit einem Jahr nicht gesehen – keine Ahnung, wie das jetzt weitergeht". Sie alle würden bald

zurück in ihr altes Leben stolpern und bemerken, dass nicht nur sie selbst sich verändert hatten. Ich blätterte gedanklich und wortwörtlich durch meine letzten Monate und lächelte. Niemand bleibt nur an einem Ort stehen.

„Ich bin jetzt seit über dreizehn Monaten auf Reisen", sagte sie. Es hatte niemand etwas gesagt oder gefragt und ich erwischte mich dabei, wie ich mit den Augen rollte: Nicht noch eines dieser Gespräche, bei denen man ganz beiläufig und damit mal unbemerkt, mal sehr betont überheblich aufzählte, wo man schon überall gewesen war. Aber mehr als das sagte sie nicht, stand einfach da, hatte ein in Leder eingeschlagenes Notizbuch an ihre Brust gepresst und ihr Lächeln – in sich hinein und aus ihr heraus – verriet, dass sie das gerade nicht gesagt hatte, um irgendjemandem irgendetwas zu beweisen, sondern um sich selbst daran zu erinnern, dass das, was sie gerade erlebte, tatsächlich ihre Geschichte war. Trotz ihrer schiefen Zähne, die vom Rauchen schon ganz gelb waren, besaß sie eines der schönsten Lächeln, das ich je gesehen habe – weil es vielmehr ein Gefühl war als ein Gesichtsausdruck. Es haben nicht nur ihre Lippen gelächelt und ihre Augen, sondern ihr ganzes Wesen. Sie war in diesem Augenblick so unaufhaltsam glücklich, dass es sich auf ihrem ganzen Körper verteilte. Sie hatte das Glück überall im Gesicht und an den Händen zu kleben, ganz genau wie wenn man an einem heißen Julitag hastig eine Kugel Stracciatella isst und das Eis in den Mundwinkeln klebt und über die Finger oder aufs Hosenbein tropft – Hauptsache nicht auf den Boden. Sie zog gedankenverloren an ihrer Zigarette, ich stand an die hellgelbe Wand gelehnt da und schielte zu ihr hinüber. Das Heft in ihren Armen sah mitgenommen aus. Ein Tagebuch vielleicht? Die Seiten waren auf jeden Fall handbeschrieben und das Buch heiß geliebt. Nicht so wie die meisten Bücher, durcheinander in den Regalen der Hostels oder auf immernassen Rattantischen vergessen, die wie lästiger Ballast zurückgelassen wurden, weil man auf Reisen genug eigene Geschichten erlebt und weder die eigene Muttersprache noch Extrakilo im Rucksack mit sich herumtragen möchte.

Sie musste meinen neugierigen Blick bemerkt haben und hielt mir das Buch mit ausgestrecktem Arm entgegen, als würde sie mir einen Keks anbieten.

„Willst du es lesen?" Jetzt lachte sie, wahrscheinlich hatte ich sie ziemlich verwundert angesehen. Und dann, genauso bereitwillig, wie sie mir die beschriebenen Seiten entgegenhielt, erzählte sie mir, was es mit dem Buch auf sich hatte: „Du kannst es alles lesen, wenn du möchtest, solange du mir nicht verrätst, was drinsteht. Ich kenne nämlich selber noch kein einziges Wort daraus. Ich lasse hier jeden, den ich auf meiner Reise treffe, etwas reinschreiben. Also, ich bitte jeden darum, etwas reinzuschreiben. Ein paar Worte über oder an mich, eine lustige Geschichte, die wir zusammen erlebt haben, oder einfach nur einen Gedanken. Ganz gleich, in welcher Sprache oder wie viel – einfach irgendetwas, das mir die Person von sich mitgeben möchte. Das Buch ist fast voll und meine Reise so gut wie vorbei. Wow, wie verrückt das ist. Fühlt sich noch ganz unwirklich an. Aber ehrlich? Ich kann es kaum erwarten, zu Hause – wo auch immer das dann bald sein wird – zu sitzen und die Worte zu lesen, mich zu erinnern und vielleicht noch ein bisschen mehr über mich selbst zu lernen. Diese Menschen waren die letzten Monate mein Zuhause, ich vermisse einige von ihnen so sehr, dass es schmerzt. Deswegen trage ich das Buch auch eigentlich immer mit mir herum – fühlt sich dann an, als wären sie alle noch bei und mit mir."

Sie sammelte geistige Fingerabdrücke, ich nickte anerkennend. Statt Fotos zu machen, die nur gerade so die halbe Wahrheit abbildeten, oder selbst zu schreiben und sich damit am Ende doch auch wieder nur um sich selbst zu drehen, sammelte sie Gedanken anderer wie seltene Briefmarken. Vorsichtig, behutsam, als wäre es zerbrechlich, nahm ich das Buch in meine Hände, setzte mich auf eines der durchgesessenen Sofas und band den dünnen ledernen Faden, der all die Gefühle zusammenhielt, auseinander. Etliche beschriebene Seiten, deutlich mehr, als ich erwartet hatte, offenbarten sich mir genau so bedenkenlos und überschwänglich, wie Bella zu sein schien. So viele Zeichen und Worte und Sprachen und Liebe. Ich las einige der Texte an, traute mich gar nicht richtig hinzusehen. Das fühlte sich an, als würde ich an der Supermarktkasse zu nah an meinem Vordermann stehen oder als ob sich im selben Raum zwei Menschen leidenschaftlich küssen und man nicht hinsehen will, aber eben auch nicht anders kann. Da waren Schriftzeichen, die ich noch nie zuvor gesehen hatte, und Passfotos, jemand hatte eine gepresste Blüte hineingeklebt und eine Doppelseite war so dicht beschrieben, dass man wohl eine Lupe brauchte, um die Worte zu entziffern. Da war eine sanfte Bleistiftzeichnung von Bella, ein roter Kussmund auf die zweite Seite gepresst und dann Worte Worte Worte. Diese Seiten waren nicht für mich bestimmt und doch teilte Bella sie und sich so vertrauensvoll mit mir. Denn auch wenn sie nichts davon selbst geschrieben hatte, so war es doch sie, die hier so ausgebreitet vor mir lag.

An einer der Seiten blieb ich schließlich hängen, da stand viel weniger als auf den anderen, der Stift hatte kaum mehr richtig Farbe auf dem Papier hinterlassen, aber lesen konnte man es trotzdem, wenn man ganz genau hinsah: *„I love you, Bella. I really do love you. But I won't tell you just now, because I need you to go your way. Following your beautiful and never ending curiosity. I love you and ...*" Während des Lesens hatte ich unmerklich damit begonnen an meinem Ring, dem mit dem türkisfarbenen Stein, herumzuspielen.

„Von wem liest du gerade?", fragte Bella, ihre großen Augen und das offene Gesicht waren ganz nah an meinem, das konnte ich spüren. Ich fühlte mich ertappt und mir fiel das Heft beinah von den Knien. Schnell ließ ich meinen Blick zum Ende der Seite wandern, um den Absender der Nachricht herauszufinden.

„Thomas", antwortete ich und sah zum ersten Mal wieder auf. Sie schluckte und begann zu erzählen, als hätten die Worte nur darauf gewartet, endlich aus ihrem Mund zu entkommen. Ich nickte die ganze Zeit über, hielt das Notizbuch ganz fest. Und während sie mir alles erzählte, von den sieben Tagen, die sie miteinander verbracht hatten, und wo sie überall gewesen waren und dass es doch eigentlich ganz egal gewesen wäre, davon, wie vollkommen sich das angefühlt hatte und wie vertraut, wie er sie immer wieder zum Lachen und Nachdenken und Staunen gebracht hatte, konnte ich nur an einen einzigen Menschen denken: Alex. Alex war für mich dieser endlose Satz, die Aufzählung, die sich gut gut gut anfühlte und dann irgendwann doch abbrach, einzig und allein, weil man sich voneinander verabschieden musste. Dann folgte die Frage, ob Liebe ein Glücksspiel ist oder nicht, ob man einen Punkt macht oder ein Komma. Fliegt, fährt, läuft man hinterher oder hört man tatsächlich auf, wenn es vermeintlich am schönsten ist – aber woher, verdammt, soll man wissen, wann dieser Zeitpunkt erreicht ist, wenn es doch die ganze Zeit nur bergauf geht?

„Ich weiß nicht, was ich jetzt machen soll", sagte sie, ehrlich und aufrichtig und unentschlossen. „Er ist jetzt wieder zu Hause in Kanada, das ist nicht so weit von hier, und ich habe noch ein bisschen Zeit, bevor ich endgültig nach Europa zurückmuss – wir könnten uns also theoretisch noch mal sehen. Aber ich weiß einfach nicht, ob wir es mit einem Wiedersehen besser machen oder im echten Leben dann alles ganz anders und gar nicht mehr so magisch ist, weißt du?"

Ich wusste nur zu gut. Ich erinnerte mich an jeden Zweifel und das Vermissen und die Unsicherheit, ob man den Menschen oder die Situation vermisste, und weil alles noch so frisch war, klebte das eine am anderen und war unmöglich voneinander zu unterscheiden.

Ob sie sich wiedersehen sollten.

Was diese Gefühle zu bedeuten hatten.

Und ob sie jemals wieder jemanden treffen würde, der so gut zu ihr passte wie er.

Oder ob das alles nur eine Illusion gewesen war und die Sonne, das Meer und die Freiheit.

Fragen, die ich mir selbst nur wenige Monate zuvor hatte stellen und auch beantworten müssen. Sie sprach all ihre Optionen immer wieder laut aus, wir gaben ihnen Raum und wussten beide, dass keiner von uns die richtige Entscheidung kannte. Ich war gerade erst in ihre Welt geschlüpft, war zu Gast und entschied, mich auch wie ein solcher zu verhalten. Ich beobachtete und hörte zu, ließ meine Erfahrungen hier nicht gelten und ihr damit all den Freiraum für ihre Entscheidung. Irgendwann klappte ich das Buch zu, knotete die Erinnerungen zusammen und gab sie ihr zurück.

Als wir uns ein paar Tage später voneinander verabschiedeten, nahm ich sie fest in den Arm und flüsterte, so leise, dass ich mir nicht ganz sicher war, ob sie es überhaupt hörte: „Flieg oder flieg nicht – irgendetwas verpasst du sowieso immer. Aber etwas gewinnst du auch. Immer." Welche Entscheidung sie schließlich traf – ich weiß es nicht.

Ich weiß nur, was ich getan habe.

Ich weiß nicht, was ich dadurch versäumt habe – auch wenn es mich nächtelang umgetrieben hat.

Aber ich wusste und weiß, was ich bekommen habe, wofür ich mich entschieden habe. Und darum geht es am Ende doch: wofür, nicht wogegen. Ein Risiko nicht einzugehen, ist immer auch riskant. Es gibt keine feigen Entscheidungen, glaube ich. Und fast immer gibt es ein Zurück, das man aber nur in den seltensten Fällen *wirklich* gehen will. Du kannst nur gewinnen.

DEIN BLICK HALLT NACH WIE EIN ECHO UND DEINE WORTE
SCHLAGEN NOCH IMMER WELLEN
FÜHLT SICH GUT AN, DICH SO UM MICH ZU HABEN.
SANFT UND LEISE, LANGSAM NUR LÄSST DER WIND NACH

KREBSE KÖNNEN VORWÄRTS LAUFEN

KAROLIN – BRÜSSEL, BELGIEN

Von meinem Handydisplay strahlte mir das Menü des Restaurants, das Axel für unser gemeinsames Abendessen ausgesucht hatte, so hell und teuer entgegen, dass ich kurz die Augen zusammenkniff. Ich war fast vom Stuhl gefallen, als ich die Preise gesehen hatte, schaute ihn verunsichert an und verdrehte dann die Augen. „So habe ich mir das irgendwie nicht vorgestellt, Axel", jammerte ich.

Spontan, allein, möglichst weit weg.

Zwei der drei Dinge waren bei meinen bisherigen Reisen immer erfüllt gewesen. Auch dieses neue Abenteuer sollte davon keine Ausnahme werden. Diesmal (und damit zum ersten Mal) wollte ich: bloß nicht zu weit weg, also statt Inspiration und Erlösung auf anderen Kontinenten zu suchen, mit dem Zug durch den europäischen Sommer fahren. Ich wusste, wie einfach es war, die Ängste und Erwartungen von zu Hause genau dort auch zurückzulassen, wenn man nur weit genug fortging. Der Entfernung gelang es immer, mir zu verdeutlichen, wie machtlos man doch ist über die Gefühle anderer. Aber möglichst weit weg, möglichst fremd zu sein (spontan und allein sowieso), das sollte doch auch in der Nähe funktionieren. Zumal Fremdsein für mich bedeutet: immer wieder eine erste Chance, ein erster Eindruck. Ich bin für andere gern ein unbeschriebenes Blatt – nicht, weil ich irgendetwas bereue oder bedauere, nein –, weil ich möchte, dass sie mir ihre Geschichte auf die leeren Zeilen schreiben.

Auf der Suche nach neuen Geschichten stieg ich mit meinem Rucksack in einen Zug von Berlin nach Köln und schließlich in den TGV nach Brüssel – wo ich Axel (den ich zwar bereits kannte, aber eben auch nicht) für zwei Tage in die Arm schließen würde.

„Ich lade dich ein. Los! Das ist eines der besten Restaurants Belgiens und es ist vegan und du bist vegan und ich bin stolz auf dich und wir gehen da heute Abend hin. Andere warten wochenlang auf eine Reservierung. Das ist ein Wahnsinnsglück, dass wir jetzt so spontan einen Tisch bekommen haben."

„Du sollst mich nicht einladen, du bist doch verrückt."

„Dann lad du mich ein, okay?"

Eine sarkastische Handbewegung und wir kringelten uns schon wieder vor Lachen auf unserem Bett. Ich hatte Axel ewig nicht gesehen, alles, was wir hatten, war Martinique. Wenn mich meine engsten Freunde beschreiben müssten, dann wären da wohl viele schmeichelnde Worte dabei, aber lustig wäre nicht unbedingt das erste, was ihnen einfallen würde (oder?). Mit Axel konnte ich immer albern sein. Wir waren es einfach.

„Ernsthaft aber, ich wünsche es mir. Mann, Luise, du verdienst dein eigenes Geld – seit Jahren! Ich finde das bewundernswert, wie sparsam du bist, aber was willst du damit auf deinem Konto? Wofür arbeitest du denn so hart und wieso bist du dann immer so schwer zu erreichen – für eine Zahl auf dem Kontoauszug?"

„Okay!", sagte ich schnell, bevor dieses Gefühl, sich mitreißen lassen zu können, verschwinden konnte, und schlüpfte in mein neues Kleid, das ich am selben Tag ganz unverhofft in einem unscheinbaren Secondhandladen unweit der Grand-Place gefunden hatte. Ich hatte nicht geplant, etwas zu kaufen, da mein Rucksack ohnehin schwer genug war. Doch als ich den kleinen Laden betrat, stach mir das helle Rot schon ins Auge, bevor sich die Tür hinter mir geschlossen hatte. Und als ich in der engen Umkleidekabine hineinschlüpfte, sah ich mich im Spiegel ein bisschen anders an als sonst. Das Kleid aus den Siebzigerjahren hatte wie eine zweite Haut gepasst und sich damit, wie das Reisen, so sehr nach mir und trotzdem fremd angefühlt. Jetzt kramte ich es aus der braunen Papiertüte und verschwand im Badezimmer – Axel pfiff mir hinterher.

„Na, machst du dich schick?", tönte es und er lachte. Für einen Augenblick überlegte ich, doch einfach in eine Jeans zu schlüpfen. „Ich zieh ein Hemd an!", rief er schnell, als hätte er gewusst, dass ich trotz des Lachens verunsichert war. Ich trug roten Lippenstift auf.

„Ich will auch!", rief Axel, der auf einmal hinter mir stand, laut in mein Ohr, gab mir einen freundschaftlichen Kuss und verschmierte die Farbe, indem er seine Lippen aufeinanderpresste. Wir verließen das kleine *Bed and Breakfast*, in dem wir uns ein Doppelzimmer gebucht hatten, und wenige Augenblicke später saßen wir im Taxi. Anders hätten wir es niemals mehr pünktlich in das kleine Lokal am anderen Ende der Stadt geschafft. So dekadent hatte ich mir den Beginn meiner Zugreise durch Europa wirklich nicht vorgestellt. Reisen bedeutete für mich, sparsam zu leben: sparsam im Hinblick auf Geld und Zeit und Energie und Habseligkeiten. In Berlin, zu Hause, ist immer alles viel: viel Farbe, viele Menschen, viel Arbeit. Ich brauchte eine Pause davon. Aber Axel legte wert auf diese Art von Luxus: gutes Essen und bequemen Genuss. Und davon dann auch noch möglichst viel. Ich musste an das tägliche zweite Frühstück auf La Martinique denken und daran, wie überall um seinen Mund Schokolade klebte und wie er dann immer breit grinste und das Leben liebte – wegen genau dieser Art von viel. Ich habe das auch genossen, erinnerte ich mich. Axel strich über mein Kleid, angelte mich damit aus meinen Erinnerungen und durch ein Loch im Saum steckte er triumphierend seinen kleinen Finger, der jetzt aussah wie ein Fisch im Netz. Er lachte.

„Luise, genau deswegen kann ich nichts Gebrauchtes kaufen."

Ich hatte den Fehler vorher gar nicht bemerkt und er störte mich auch nicht, eigentlich liebte ich das Kleid jetzt sogar noch ein kleines bisschen mehr. Die Abendsonne tauchte die Silhouette Brüssels und dann mein Gesicht in orangefarbenes Licht, ließ die Stadt sanft aussehen und ich entspannte meine Stirn.

Es dämmerte bereits, als wir aus dem Wagen stiegen. Der Kellner des Restaurants schien auf uns gewartet zu haben und platzierte uns auf der Terrasse vor dem kleinen Lokal im Süden der Stadt. Außer uns saß niemand sonst draußen. Die Tische sahen auch nicht aus, als würde oft an ihnen gegessen. Alles war neu und poliert und von drinnen strahlten uns teure Abendtäschchen entgegen, augenblicklich fühlte ich mich unwohl: hier draußen und in dem Kleid mit Loch und mit den Haaren, die ich einfach nur so über meine Schultern hatte fallen lassen. Wir (also Axel) bestellten einen Acht-Euro-Aperitif und er schmeckte köstlich. Ich kam mir in diesem Moment sehr erwachsen vor – oder doch sehr viel jünger? Ich erinnerte mich an eine Zeit, in der ich mir nichts sehnlicher gewünscht hatte, als reich (im umgangssprachlichen Sinn) zu sein. Das war die Zeit, in der ich mir von meinem ersten selbst verdienten Geld ein Designerteil kaufte, das ich gar nicht brauchte und das mich, wer hätte es gedacht, kein bisschen glücklicher gemacht hatte (Oder? Vielleicht doch? Und vielleicht war und ist das vollkommen okay?).

Ich legte mir die weiße Stoffserviette auf den Schoß, obwohl ich es mir am liebsten im Schneidersitz bequem gemacht hätte – dann schüttelte ich den Kopf, um diese Gedanken für heute Abend endgültig zu vertreiben. Im Moment leben, darum geht es doch. Und auch wenn das nicht meine Welt war, war es die meines Freundes. Axels Welt – und was sonst sollte es wert sein, mit offenen Augen und einem offenen Herzen entdeckt zu werden?

Ein unheimlich großer Teller mit unglaublich kleinen Brotkrumen und einer dunkelroten Soße schwebte auf unseren Tisch und dann war für einen Augenblick immerhin schon mal mein Mund offen.

Ein Gang nach dem anderen wurde uns buchstäblich auf dem Silbertablett serviert, dazu jeweils der passende Drink – den wir uns teilten (noch etwas, wofür ich mich schämte), was einerseits am Preis, andererseits an unserem niedrigen Toleranzlevel bei Alkohol lag. Axel erzählte mir von Peeter und seinen Prüfungen, von seiner politischen Laufbahn, die er in den letzten Jahren angetreten hatte, was das bedeutete für ihn und sein Privatleben. Ich erzählte ihm von einem Fehler, den ich begangen hatte und für den ich mich so sehr schämte, dass ich bisher mit niemandem darüber sprechen konnte. Mir lief eine Träne übers Gesicht, er sah mich aufrichtig an. Auch er weinte irgendwann, doch anders als ich wischte er sich die Tränen nicht hektisch aus dem Gesicht, sondern ließ sie einfach da sein. Dieser erste Teil des Abends fühlte sich nach Erwachsenwerden an – wie die Essenz der letzten

Jahre, während denen wir uns neben dem ständigen Über-sich-hinaus-wachsen nie aus den Augen verloren hatten. Axel nahm meine Hände in seine, sah mich an und vergab mir.

Als die schweren Themen abgehandelt waren und wir diese und die ersten Bissen verdaut hatten, konnten wir wieder kichern und herumalbern, wir dachten uns die abstrusesten Geschichten über die anderen Gäste aus. Für jeden einzelnen hatten wir eine andere Biografie parat, mir tat der Bauch weh vom Lachen. Irgendwann fielen unsere Blicke auf eine Frau, die allein mit einem Glas Rotwein an der Bar saß. Sie trug ein schwarzes langes Kleid, das ihren Körper zwar betonte, aber nicht freigab, die Haare hatte sie elegant und trotzdem mühelos wirkend hochgesteckt, ihre Lippen mit dunkler Farbe betont. Sie sah damit so unbemüht elegant aus, wirkte vollkommen unbeteiligt, als hätte man sie aus einer viel entspannteren Situation herausgenommen und hier eingefügt. Gleichzeitig war es, wie sie so anmutig auf dem Barhocker saß, unverkennbar, dass nichts und niemand mehr in dieses Restaurant gehörte als sie. „Sie ist wunderschön", sagte Axel. Wir unterhielten uns über unsere Mütter, rätselten, wie alt die Frau an der Bar wohl sei und was es war, das uns so sehr an ihr faszinierte.

Irgendwann, es war bereits kalt geworden, wurde es drinnen leerer und einer der Kellner begleitete uns zu einem freien Tisch. Drinnen war es viel lauter, als ich angenommen hatte. Lebendiger irgendwie, als es ein Restaurant mit fünfzig Euro teuren Hauptgängen vermuten ließ. Der ganze Laden bestand eigentlich nur aus einem großen Raum, am hinteren Ende konnte man über die Bar hinweg sogar direkt in die Küche sehen. Die Decke erstreckte sich mindestens drei Meter über unseren Köpfen und es blickten kleine dicke Engelchen auf uns herab, die wir hier auf geöltem Fischgrätenparkett standen und staunten. Jeder Winkel des Ladens schien akribisch und dabei trotzdem liebevoll geplant zu sein. In den weißen Regalen standen Bücher neben Likören, an den Wänden hingen riesige prunkvolle Spiegel und überall, wo noch Platz war, standen und hingen und wucherten Pflanzen. Durch die großen Fenster schaute ich raus zu unserem Platz, der schon vertraut aussah, und ich musste schmunzeln, weil von dort aus das alles so anders ausgesehen hatte. Es roch sanft nach Hortensien.

Bevor ich mich setzte, flüsterte ich: „Ich geh mal kurz auf die Toilette", schwang mir meine kleine Tasche über die Schulter und steuerte zielgerichtet und eilig auf die Tür am Ende des Raumes zu. Die Tür war eigentlich gar keine Tür, sondern nur ein Durchgang (ich dachte kurz an Lamarana), aber mit einem Mal schien ich in eine andere Welt gestolpert zu sein. Es war laut, heiß und so gar nicht glamourös. Und als mich ein paar verwunderte Gesichter breit angrinsten, realisierte ich auch endlich, dass ich, statt ins Badezimmer, direkt in die Küche spaziert war.

„Bathroom?", rief einer der Köche belustigt zu mir herüber. Ich wurde augenblicklich so rot wie mein Kleid, nickte, lachte verlegen und machte hektisch auf dem Absatz kehrt, ohne auch nur die leiseste Ahnung, wo ich jetzt eigentlich lang musste. Glücklicherweise entdeckte ich schnell das Stöckchen-Retter-in-der-Not, ein kleines Zeichen an der Wand, das auf eine schmale Treppe hinwies, die in den Keller zu führen schien, und ich versank – genau wie ich es mir nur wenige Augenblicke vorher gewünscht hatte – im Boden.

Als ich mir die Hände wusch und noch für einen kleinen Augenblick länger kaltes Wasser über meine Handgelenke laufen ließ, blickte ich in den Spiegel und musste lachen. Was war denn nur los? War ich nervös? Ich hatte mich den ganzen Abend über geniert und mit diesem Missgeschick war der Höhepunkt meiner Scham erreicht. Heute kann ich gar nicht mehr genau sagen, weshalb oder wofür ich mich so sehr schämte, denn ich muss wunderschön ausgesehen haben an diesem Abend, hatte einen der liebenswürdigsten Menschen an meiner Seite und zwei Wochen Abenteuer vor mir.

Langsam, damit ich nicht über den Stoff meines Kleides stolperte, lief ich die knarrende Treppe wieder hoch und fühlte mich diesmal, weil jetzt alles schon gar nicht mehr so neu war, ein bisschen wohler als beim ersten Betreten des Lokals. Ich lief vorbei an der Bar, vorbei an der Frau, die da saß und genüsslich aus ihrem Glas trank und mit solcher Hingabe irgendein Formular ausfüllte, dass es mich direkt noch ein bisschen ruhiger werden ließ. Zurück an meinem Platz – Axel sah so unglaublich zufrieden aus in diesem Moment – strahlte ihre Aura noch immer sanft zu uns herüber und auch sonst in jede Ecke des Lokals. Einmal hielt sie ganz ruhig ihre Hand zu einem der Kellner, aber ohne ihn zu berühren, bat ihn um etwas und lächelte dabei, sanft, ehrlich, kaum merklich. Sie war da. Und das war schön.

Sie war es schließlich auch, die unseren vorletzten Gang, das erste Dessert nämlich, abräumte. Sie wies uns darauf hin, dass das zweite gleich serviert werden würde, als wäre es das Normalste der Welt, zwei Nachtische zu essen. Sie bewegte sich beinah in Zeitlupe und während das sonst faul oder träge wirkte, schien es bei ihr, als würde sie die Zeiger der Uhren bremsen und uns allen damit ein bisschen mehr Zeit schenken. Ihr Tempo wurde unser Tempo, ohne dass es sich überheblich oder gezwungen anfühlte. Es fing uns auf.

„Das Essen war phänomenal", sagte Axel und strahlte die Frau breit und schamlos an.

„Vielen Dank, das freut mich sehr", antwortete sie ruhig.

„Also, nein, wirklich, die ganze Erfahrung hier – ich habe schon viel von diesem, Ihrem Restaurant gelesen und ich hatte vorher ja keine Ahnung, wie vielfältig die vegetarische Küche ist. Ich bin beeindruckt. Einen Kohl hätte ich niemals so zubereitet …"

Er wollte sie nicht gehen lassen und es war mir auf unerklärliche Weise unangenehm, dass Axel so viel sprach, und gleichzeitig bewunderte ich, wie sehr er er selbst war, obwohl uns von allen Seiten Luxus und Reichtum und Eleganz entgegenstrahlten, in die wir so gar nicht zu passen schienen. Scham schien ihm schon immer ein Fremdwort zu sein – so fremd, dass er gar nie darüber nachdachte, dass irgendetwas an ihm nicht okay sein könnte.

„Wie kommt man denn auf so eine tolle Idee?"

Er stellte die Frage, als würde er sich nach der Uhrzeit erkundigen.

„Da müssen Sie meinen Mann fragen, er hat dieses Rezept entwickelt. Mit ihm zusammen habe ich dieses Restaurant eröffnet."

„Ah, also Sie sind wirklich die Chefin! Wir wussten das sofort – Ihre Ausstrahlung ist wunderbar. Wirklich, also das merkt man sofort!", sprach Axel weiter, zwinkerte mir zu und schnappte sich meine Hand, die neben seiner auf dem Tisch gelegen hatte. Das machte er oft. Es fühlte sich immer ein bisschen so an, als würde er sich an mir festhalten wollen – aber nicht, weil er sonst keinen Halt finden konnte, sondern weil er mich, als Menschen, bei sich wissen wollte.

Sie stellte die Teller wieder ab und lehnte sich ganz sanft an den leeren Tisch hinter ihr.

„Wir haben das Lokal vor zwei Jahren eröffnet. Die vegetarische Küche ist so vielfältig, aber das weiß kaum einer. Wir beide, also mein Mann und ich, wir leben beide seit zwanzig Jahren vegetarisch. Wir waren damals Studenten und da gab es schon einige Gleichgesinnte, aber irgendwie nicht genug und schick essen zu gehen war ein Ding der Unmöglichkeit. Das wollten wir ändern und", sie machte eine kurze Pause, „ohnehin hat sich mein Leben schon immer um Essen und Nahrung gedreht."

„Wie meinen Sie das?", fragte Axel, schaute sie dabei eindringlich und neugierig an.

„Ich litt unter einer Essstörung, viele, viele Jahre lang", sagte sie, schaute uns dabei eindringlich und neugierig an.

Viele Jahre lang sei sie krank gewesen. Als Jugendliche habe das irgendwann angefangen und dann eben nicht mehr aufgehört, erzählte sie uns, als wäre eine Krankheit eine Jahreszeit, die irgendwann beginnt und dabei doch immer einen Endpunkt hat und kennt. Diese Krankheit war in ihr gewuchert, wurde immer mehr und sie immer weniger

– sie nahm Karolin irgendwann fast vollständig ein. Im Studium hatte sie ihren Mann kennengelernt, der schon damals – als hätte sich das Schicksal einen Scherz erlaubt oder eben einen ziemlich guten Plottwist – leidenschaftlicher Koch gewesen war. Er hatte sie im Bus angesprochen, sie waren zusammen ausgestiegen und statt nach Hause eben noch in ein Café gegangen. Sie kürzte die Liebesgeschichte ab, die gleichzeitig der Anfang ihrer Heilungsgeschichte war, ihre Augen leuchteten, als sie in die Küche zu ihm hinübersah. Zwanzig Jahre sei das her, sagte sie immer wieder, wohl, weil sie in unsere ungläubigen Gesichter blickte. Sie hatte niemals erwartet, irgendwann mal ein Restaurant zu führen – aber ja, ihr Leben schien sich einzig und allein ums Essen drehen zu wollen und irgendwann gab sie sich dem hin und konnte sich dann auch damit versöhnen – aber das war ein langer Weg gewesen und ein Ende sei noch nicht in Sicht. Glücklicherweise, sagte sie.

Online hatte sie als junge Frau das erste Mal auf einem Blog von *Mindful Eating* gelesen und war direkt – wie es sich als Perfektionistin eben gehörte – besessen davon gewesen. Sie wollte die Fähigkeit, wie sie es damals einordnete, so schnell wie möglich erlernen. Sie wollte so unbedingt vom Hungern weg, so dringend etwas verändern, dass sie sich doch wieder nur darauf konzentrieren konnte, was sie nicht mochte, was schlecht war, was wegmusste. Verbissen und energisch hatte sie an sich herumkritisiert. Bis: es Klick gemacht hat – und sie anfing zu verstehen, dass sie Antworten nur bei sich selbst finden würde. Ihr Inneres hatte sich ihr selbst durch all das Kritisieren und Verbessern und Hungern und Verwehren so sehr verschlossen, dass es sie Jahre gekostet hatte und Mut und Entschlossenheit, Geduld, Hingabe, bis sie sich selbst wieder hörte und vor allem zuhören konnte. Sie war so sehr aufs Ziel fokussiert gewesen, dass sie nicht bemerkt hatte, dass es das gar nicht gibt. Wie den Wald vor lauter Bäumen nicht zu sehen, nur andersherum. Man ist nie *mindful* genug und dann fertig. Das ist wie Essen und Schlafen – das hört nie auf. Sie begriff gerade noch rechtzeitig, wie hungrig sie ihr ganzes Leben über gewesen war und was sie ihrem Körper und ihrer Seele über so viele Jahre verwehrt hatte.

Zu essen bedeutet auch, Nahrung zu sich zu nehmen. „Wann immer wir etwas zu uns nehmen, sei es nun Essen oder frische Luft, klares Wasser – wenn wir uns nähren also –, dann verbinden, vereinen wir uns mit der Quelle des Lebens. Und Nahrung geht darüber noch so weit hinaus, gibt es in so vielen besonderen, mysteriösen Formen. Dieses Bewusstsein und die Achtsamkeit dafür sind so auf einem völlig anderen Level bereichernd ...", formulierte sie.

Sie würde das für immer üben müssen. Das Verlangen, zu hungern, war ein Teil von ihr geworden und sie war heute an einem Punkt, an dem sie diesen Teil von ihr anerkennen konnte und ihn mit Fürsorge behandelte.

„Dabei hilft mir vor allem: Meditation. Mich mit Gelassenheit zu nähren. Meditiert ihr?", fragte sie. Ich nickte vorsichtig, Axel schüttelte energisch den Kopf. „Ich erinnere mich noch genau, wie ich das erste Mal meditiert habe – da war ich älter als ihr jetzt. Es spielt auch gar keine Rolle, wie gesagt, das ist ja ein immerwährender Prozess. Und die Kunst ist: nicht nur im Meditationsraum hier und da von innen heraus zu spüren und zu sein, sondern tatsächlich und allgegenwärtig Liebe zu empfinden, achtsam zu sein und sich davon auch im Alltag, wie von einem Ozean, umgeben zu lassen."

„Ich habe mal versucht zu meditieren. Ich habe mir da neulich so eine App heruntergeladen – die hattest du empfohlen, Luise –, aber das fällt mir ja so wahnsinnig schwer", sagte Axel, nachdem für einen Augenblick Ruhe geherrscht hatte.

„Dieser Ozean heißt *equanimity*", fuhr sie fort. *Equanimity* hatte sie gesagt, ich kannte das Wort nicht und anstatt das mit einem falschen Nicken zu kaschieren oder heimlich unterm Tisch zu googeln, fragte ich sie, was das bedeutete.

„*Equanimity* wird oft verwechselt damit kühl zu sein, neutral vielleicht oder gar nichts zu fühlen. Aber Buddha beschreibt das ganz anders, nämlich damit, dass der Geist reich ist und grenzenlos, ganz frei von Missgunst, Groll oder gar Feindseligkeit. Auf Pali, einer alten Prakrit-Sprache, beschreibt es direkt zwei Wörter: einerseits die Fähigkeit, Dinge zu beobachten, ohne von dem gefangen zu sein, was wir sehen, fühlen, riechen, schmecken oder auch denken. Sich das große Ganze anzusehen, geduldig und verständnisvoll."

José. Ob er jemals etwas von Buddha gelesen oder gewusst hatte? Oder war er einfach so dahintergekommen?

„Und andererseits bedeutet es so etwas wie ‚in der Mitte von allem zu stehen', bedeutet also Balance, Vertrauen, Zuversicht, Integrität und Wahrhaftigkeit."

Ich wusste das deutsche Wort noch immer nicht, aber ich verstand.

Ich weiß nicht, wie lange wir uns an diesem Abend mit ihr unterhielten. Sie erzählte uns von ihrer liebsten Yogapose und wie wichtig es ist, sich durch diese *(Tree Pose)* und *Walking Meditation* mit dem Boden, der Erde zu verbinden, und davon, wie sie mehrmals am Tag ganz bewusst ihre Hände auf den eigenen Körper legte, um sich selbst *affection* zu geben. Axel hatte immer wieder Fragen gestellt. Und dann hörten wir ihr immer wieder aufmerksam zu. Obwohl es so vieles zu tun gab, stand sie da an unserem Tisch und sprach mit uns. Sie erzählte Geschichten, die sie sicherlich schon zigmal erzählt hatte. Und sie erzählte sie ein weiteres Mal. Für uns. Nicht hektisch, nicht abgekürzt, sie erzählte einfach nur, als wären wir enge Freunde.

Und wir waren es für diesen Augenblick.

Schließlich stand sie auf und sagte: „Es ist wunderschön gewesen mit anzusehen, wie liebevoll ihr miteinander umgeht. Man spürt, dass ihr einander Raum gebt für alles, dass ihr den Schmerz des anderen wie einen Schwamm aufsaugt und annehmt, abnehmt. Ist es nicht unglaublich, wie leicht man Scham vertreiben kann? Indem man einander nicht verurteilt. Danke, dass ihr meine Geschichte einfach angenommen habt, empathisch und verständnisvoll. Es ist verrückt, dass es mir bis heute schwerfällt, über meine Krankheit zu sprechen. Ich fühle mich dann genau wieder wie damals – jedes jedes jedes Mal. Aber da muss Luft ran, wie bei einer frischen Wunde ... auch wenn diese irgendwie gar nicht mehr so frisch ist, aber eben doch immer da und sie klafft in den dunkelsten Ecken meines Seins und wartet auf mich und was am besten hilft sind: Licht, frische Luft und Verständnis."

„Danke, dass Sie uns davon erzählt haben", sagte ich und es war das Erste, was ich verbal zu dem Gespräch beitrug. Ich fühlte mich leicht (das erste Mal an diesem Abend), weil sie die Scham so ungeniert angesprochen hatte. Es gab so vieles, wofür ich als Kind beschämt wurde: Gerüche, meine Stirn, meine Nacktheit, meine Ideen. Ich war ~~zu~~ laut und ~~zu~~ ehrlich. Das kultivierte Scham, die ich bis heute mit mir herumtrage. Licht und Luft dranlassen!

Als wir das Restaurant irgendwann als Letzte verließen, winkte sie uns zum Abschied – keine beiläufige Geste, sie winkte uns so achtsam, dass es sich beinah inniger anfühlte, als es eine Umarmung hätte sein können. Wir drehten uns noch ein paarmal um, als wir den schmalen Bürgersteig hinunterliefen, Axel hakte sich bei mir unter und sagte bald: „Was für eine Frau – wow!"
Und ich nickte.
Wir spazierten den ganzen Weg zurück zum Hotel. Ich tänzelte ein paar Meter und drehte mich immer wieder, weil ich es genoss, wie sich der Stoff meines Kleides um meine Beine schmiegte, bis ich mir damit für einen Augenblick eitel vorkam. Sofort nahm Axel meine Hand und drehte mich. Außer unserem Lachen war nichts zu hören in dieser Nacht. Sicherlich störte sich jemand daran, drückte sich genervt das Kissen auf die Ohren, aber wir waren richtig in diesem Moment und auch sonst immer.
„Luise, ich stelle mir dich in ein paar Jahren so vor wie sie", sagte Axel plötzlich in die Dunkelheit. Wir hatten aufgehört zu tanzen und liefen

jetzt einfach nur. Es war spät geworden und der Weg doch weiter, als wir es angenommen hatten.

„Also vielleicht nicht in einem Restaurant, eher einem Buchladen oder einem Hostel. Ist eigentlich auch egal, wo – aber: so aufmerksam und sanft und präsent."

Ich blieb abrupt stehen, sah ihn an und umarmte ihn dann, so fest ich es konnte.

„Danke, Axel. Danke, dass du so sehr an mich glaubst."

Sie hatte von Buddhismus gesprochen, Meditation, Dankbarkeit, *Mindfulness* – ich hatte von all dem gehört, gelesen, es gelernt und geübt. Ich war auch immer wieder mal an dem Punkt gewesen, an dem ich das Gefühl hatte, zu verstehen, zu verinnerlichen. Sie stand da mitten in der Hektik Brüssels, in der Unsicherheit ihres Business und strahlte zuversichtlich. Das war nicht aufgesetzt und das Gefühl, das sie uns vermittelte: war einfach nur gut.

„Ohne meinen Mann hätte ich das nie geschafft", hatte sie zwei- oder gar dreimal gesagt und während ich mich anfangs an der Aussage gestört hatte, merkte ich jetzt, wie sehr es mir imponierte, dass sie einen Partner und Menschen gefunden hatte, mit dem sie wahrhaftig sie selbst sein konnte.

„Ich stelle mir mich auch so vor – in ein paar Jahren", sagte ich, als wir dann irgendwann im Bett lagen, „mit dir und den anderen an meiner Seite auf jeden Fall."

„Ich habe gerade auch noch mal an sie gedacht", sagte Axel, strich mir übers Haar und wir schliefen ein.

ALS WIR NEULICH EINFACH BARFUSS INS WATT GERANNT SIND,
DEM HORIZONT ENTGEGEN, DAS ROTE LICHT MIT UNSEREN HERZEN EINGEFANGEN
UND ALS IRGENDWANN DIE FLUT KAM,
KAMEN AUCH DIE WORTE ZU MIR ZURÜCK.

EBBE UND FLUT

BEN – MOLIETS-ET-MAA, FRANKREICH

Angekommen an dem verlassenen Bahnhof in Dax holten mich drei der Surflehrer ab, die für den Einkauf in die Stadt gefahren waren. Der hellblaue Bus war dreckig, hinter uns klapperten die Dosentomaten und eine Wassermelone rollte unregelmäßig über die Ladefläche. Immer wieder hin und her. Aber das störte uns nicht. Endlich zog ich meine Schuhe aus, barfuß also saß ich im Schneidersitz auf der Rückbank, mein schmales Fußkettchen glitzerte in der untergehenden Sonne und wir schlängelten uns durch die Touristenmassen in Moliets bis ans Ende des Campingplatzes, der sich dort dann doch noch nach einem Geheimtipp anfühlte.

Ich saß auf einem der Baumhäuser, das auf diesem Abschnitt des Campingplatzes um eine der alten Platanen gebaut worden war. Ich wollte die Mittagshitze zum Schreiben, zum Planen meiner Route, zum Mit-mir-sein nutzen. Der Sitzsack, auf dem ich es mir mit meinem Tagebuch auf dem Schoß gemütlich gemacht hatte, war feucht und roch modrig. Die Skaterampe reichte bis hier hoch und während ich immer wieder Gedankenfetzen in mein Tagebuch schrieb, ließ ich meinen Blick über das Gelände schweifen und beobachtete, wie die Jungs nicht müde werdend immer wieder aufs Board stiegen.

Europa zu erkunden bedeutet, Städte zu besichtigen: Paris, Rom, Madrid ... die Liste scheint schier endlos zu sein. Während ich immer der festen Überzeugung gewesen war, schon viele dieser Metropolen besucht zu haben, stellte sich bei der Planung meiner spontanen Interrailreise heraus, dass dem gar nicht so war. Trotzdem entschied ich, von Brüssel aus spontan ans

Meer zu fahren. Nicht nach Barcelona oder Venedig, sondern in ein Drei-
hundertseelendorf am Atlantik. Ich reservierte zwei Übernachtungen in
einem Campinghostel, fuhr nach Bordeaux und stieg dort ganz früh am
Morgen in den nächsten Zug, schrieb ein paar Zeilen, schaute aber vor allem
aus dem Fenster und in die Gesichter der anderen Passagiere. Ich hatte die
junge Frau vor mir gefragt, ob das der richtige Zug sei – ich wollte nach Dax,
sie hatte genickt und sich dann wieder ihrer Zeitung zugewandt. Man sah
sich an, reichte sich Taschentücher, half einander die Koffer auf die Ablagen
zu heben und lächelte kollektiv, wenn der Schaffner pfeifend den Waggon
betrat. Obwohl wir nicht sprachen, waren wir doch alle Gefährten.

Ihre Schuhe und Hosen hatten Löcher, blaue Flecke und sie sahen so
viel jünger aus, als sie es eigentlich waren. Ich hatte Ben am Vorabend
kennengelernt. Gerade war er ganz fürchterlich gefallen, sodass selbst
ich schmerzerfüllt das Gesicht verzog. Aber er stand einfach auf und
kletterte die Rampe wieder empor. Für ein paar Momente blieb er sitzen und nickte mir zu. „*German, all good?*", rief er mit seinem unheimlich
starken Akzent zu mir herüber.

„Wie lange bist du schon unterwegs?", fragte ich irgendwann und er
schüttelte den Kopf. Ich sah und fühlte ihn an. Er grinste breit. Seine
schiefen Zähne kamen zum Vorschein. Und Unsicherheit. Allein sein.
Ich dachte an Jake und musste lächeln.

Lange haben wir nicht gesprochen an diesem Nachmittag. Wir haben
weder große Fragen gestellt, noch tiefgründige Antworten gegeben.

„Ich habe lange nicht so mit jemandem geredet, Luise", sagte er bald,
schaute sich erst nervös um und dann wieder tief in meine Augen. Für

einen Augenblick immerhin. Wir saßen in einem Baumhaus, irgendwo auf irgendeinem Campingplatz im Süden Frankreichs, und ich fühlte. Dann musste Ben gehen – und das nicht, weil er ein Ziel hatte oder gar jemand wartete, sondern weil ihn die Nähe dann schließlich doch verschreckt hatte.

„*Open Stage*, Leute – los, lasst uns aufbrechen!"

Träge wie eine Herde Schafe setzten wir uns in Bewegung. Der Veranstaltungsort, ein Camping-Hostel ein paar Meter den Weg entlang, wirkte im Vergleich zu unserem wie aus einem amerikanischen Teenager-Film. Die Skaterampe stylisch mit Graffiti besprüht, die Zelte mit immer gleichen Lichterketten verziert, das Haupthaus (das bei uns nur aus einer aus Brettern zusammengenagelten Bar bestand) schien beinah zu glänzen. Auf dem Volleyballfeld spielten ein paar verschwitzte, durchtrainierte Teenager. Alles war neu und sauber und jung. Weiter hinten waren einige Bierbänke aufgereiht, ein paar alte, durchgesessene Sessel, die hierher so gar nicht und zu uns so sehr zu passen schienen – wir nahmen dankbar Platz. Das Bier war hier viel teurer als an unserer Bar.

Die Skepsis legte sich nach der ersten Performance. Ein junges Mädchen, sie war vielleicht sechzehn Jahre alt, sang „*Valerie*" von Amy Winehouse. Der Himmel färbte sich pfirsichfarben und ihre olivfarbene Haut glitzerte in den letzten Sonnenstrahlen des Tages, die dunklen Haare, ihre strahlenden Augen leuchteten. Beim Refrain setzten wir alle ein. Teenager-Film hin oder her – der Moment war perfekt.

Die Mitarbeiter unseres Camps fingen irgendwann an, im Takt Bens Namen zu rufen und schon bald torkelte er sturzbetrunken auf die Bühne. Ich kräuselte die Lippen und schloss die Augen. Ohje, das wird peinlich, dachte ich und dann begann Ben zu singen, zu sprechen viel mehr. Rhythmisch, wie ein Gedicht trug er seinen Beitrag vor. Er hatte eine unglaubliche Energie, jedes Wort saß und während anfangs alle über seine alberne Art lachten und grölten, wurde es nach kürzester Zeit ganz still. Ich hatte erst gar nicht bemerkt, dass das seine Gedanken waren, keine auswendig gelernten Lyrics. Das waren Anklagen, Ängste und Leben, die da aus ihm strömten.

Selbstoffenbarung.

Er stand hinter der Bar – gegen einen kostenlosen Schlafplatz im Zelt und drei Mahlzeiten am Tag arbeitete er den ganzen Sommer über hier – und ich saß am Ende der Theke und beobachtete ihn: hektisch, tiefe Augenringe, der schmale Körper, die wirren Haare. Es war zu erkennen, dass Ben Drogen nahm, die ihn für ein paar Stunden aus diesem genialen, kreativen Kopf, aus der Einsamkeit, den Erinnerungen herausholten. Er hatte vielleicht gar nicht unbedingt viel mehr erlebt als andere, aber er spürte intensiver. Seine Fühler waren so empfindlich, er nahm so vieles mehr wahr.

„Das war wirklich schön gestern", sagte ich irgendwann und prostete ihm mit meiner Cola zu. „Du hast mir gar nicht erzählt, dass du auch schreibst", fuhr ich fort, als er plötzlich ganz dicht vor mir stand. Ich konnte riechen, dass er schon wieder getrunken hatte.

Ben schrieb Gedichte, in seinem Kopf. Er trug so viele davon mit sich herum – im Herzen und auf der Zunge. Noch nie zuvor habe er eins aufgeschrieben, erzählte er mir an diesem, meinem letzten, Abend im Camp.

„Ich bin gleich wieder da", sagte ich und lief barfuß zu *meinem* Zelt. Einen Augenblick später legte ich ihm zwei ausgerissene Seiten meines Tagebuchs auf den Tresen.

„Kannst du mir eins aufschreiben? Würdest du das tun?", fragte ich zaghaft.

Er legte den Kopf schief und sah mich eindringlich an. „Ich kann es versuchen. Aber meistens improvisiere ich, weißt du? Ganz spontan. Manches gehe ich dann nachts im Bett immer wieder durch ... wenn ich nicht schlafen kann, sind da die Worte." Ich nickte. Er fand neben der Kasse einen kleinen, stumpfen Bleistift, schenkte uns zwei Gläser Wein ein, setzte sich direkt vor mich und fing an zu schreiben. „Halt mal die Kerze hier hin", bat er mich, als ich gerade aufstehen und ihn in Ruhe schreiben lassen wollte. „Bleibst du hier?", fragte er und sah mich erleichtert an, als ich nickte. Vorsichtig zeichnete er die ersten Striche aufs Papier, sammelte seine Gedanken ein, schweifte immer wieder ab, sprach sie sich vor und schrieb dann. Wir saßen eine Weile so da, während um uns herum gegrölt und Tequila den Rachen hinuntergekippt und geknutscht wurde.

Er faltete die Zettel zweimal und schob sie mir unter der flachen Hand über das abgenutzte Holz zu. Unsere Fingerspitzen berührten sich kurz, als ich danach griff.

„Was hast du damit vor?"

„Was hast du mit deinen Worten vor?"

„Ich weiß nicht, manchmal denke ich, die sollten möglichst viele Menschen hören, deswegen stell ich mich auf Bühnen. Und manchmal dann ..."

Als jemand, der schreibt, wusste ich, was jetzt kommen würde. Also unterbrach ich ihn schnell. „Okay, dann veröffentliche ich das, ja?"

Er sah mich mit großen Augen an. „So etwas willst du wirklich drucken?", fragte er ungläubig und steckte sich einen Joint in den Mundwinkel.

„Wenn ich darf?", fragte ich.

Er nickte. Was für ein wundervolles Geschenk.

Finding the reason to survive
within let me tell you let
Me begin, I'm gonna stand
up and show the case there's
an upper and lower civil race
Seduction and corruption coming
out ov the ground, swap it
for a dollar swap it for a
pound. When you drive round
in you 4 by 4, look left
right but you gone chose
to ignore the people who dont
know what to do spend all
their time pounding the busy
walking around with no shoes
on their feet take the heat
admit no defeat.

Government cases you cover
your traces it doesn't matter
to them all they see is faces
but all these faces have no
means until they come back
and haunt you in your
Dreams. Alise chasing the oil
relate that lise to chasing the
soil get locked up in a
descending coil, which ever
path you take that you choose
to spoil man wont sit in
silence I'm not going to sit
in fear not gonna let you stop
the world from hearing what I
hear I said I dont wa nt to
stop so the COP COP COP.

All they want to do is chop
chop chop, when it'll be
black in black and white
that wrong is wrong and right
is like it might not happen
by the end of the night but
your hands up high and
Lets write.

Often in a parralle universe
imagine what you can be take
that imagination and turn it
to reality show them that
you know what you believe
and how you want grow
Stand up for what you
believe in take one step
and follow in your footing

Pushing the oceans and
tides drowning the devil
pushing inside put your life
in to top gear drive a
message to you that we
will survive

Ghana Poem

Ben Pennat
surfcampghana@gmail.com

UNTER WASSER IST ES LAUT UND WIR SIND STUMM

JOACHIM – BERLIN, DEUTSCHLAND

Es war eiskalt in Berlin. Ich trug eine Wollmütze unter meiner Kapuze, die ich mir tief ins Gesicht gezogen hatte, und meine Finger spürte ich kaum noch. Es war 21 Uhr und ich teilte auf dem Alexanderplatz Essen an bedürftige Menschen aus. „Fleisch oder Gemüse?", fragte ich und lächelte mein Gegenüber an. Wir standen an den Bänken unterhalb des Fernsehturms, auf denen sich am Tag Touristen tummelten und genüsslich in ihre Sandwiches bissen, aus Plastikbechern Kaffee tranken und sich die Sonne aufs kalte Gesicht schienen ließen. Jetzt hatten wir darauf alles ausgebreitet, was wir in den Stunden zuvor aus Spenden und geretteten Resten zubereitet hatten: geschmierte Brote, Nudeln, Soßen, einmal Obst- und einmal Gemüsesalat. An diesem Tag gab es dazu noch Kuchen und heißen Kaffee. Das ~~war~~ ist etwas Besonderes. „Hallo! Fleisch oder Gemüse?", fragte ich in ein weiteres der leeren Gesichter. Meistens bekam man eine genuschelte Antwort oder ein Finger wurde hochgehalten, blau von der Kälte – aber nicht der Kälte dieser Nacht, sondern auch der davor und davor –, der auf die jeweilige Auswahl zeigte. Ich füllte die Kelle, goss das wässrige Essen auf den kleinen Teller und überreichte ihn. „Guten Appetit", sagte ich. Es sollte sich normal anfühlen. Ich versuchte zu lächeln – nicht mitleidig oder wehleidig oder zu fröhlich. Wie lächelt man jemanden an, der all seine Habseligkeiten auf dem Rücken trägt oder der so betrunken ist, dass er den Teller nicht gerade halten kann und ihm die ganze Brühe über den dreckigen Ärmel läuft? Wie lächelt man jemanden an, der sich mit aller(letzter) Kraft zusammenhält? Ehrlich und aufrichtig, aber nicht bemitleidend oder überschwänglich, nicht aufdringlich, nicht ängstlich oder zurückhaltend. Eine alte Dame sah mich an und riss mich aus meinen Gedanken. Wieder: „Hallo. Fleisch oder Gemüse?" Ich wurde immer wieder hektisch, so viele wartende Menschen. „Hallo. Fleisch oder Gemüse?" immer wieder. Bis mir jemand zuvorkam.

„Ich würde mich mal für Gemüse entscheiden. Was ist denn da heute alles Leckeres drin?"

Ich schob meine Kapuze ein Stück aus dem Gesicht, die Mütze darunter war mir über die Augen gerutscht. Ich wollte den Mann mit der beinah vertraut klingenden, warmen, liebevollen Stimme genauer ansehen. Seine Worte klangen so sanft – als wollten sie ganz bewusst nicht hierherpassen: zu dieser rauen Situation, dem traurigen Ort, diesem eiskalten Abend.

Berlin fühlte sich, selbst nach über einem Jahr, irgendwie noch immer an wie eine Übergangssituation. Ich hatte mittlerweile eine eigene Wohnung gefunden und damit zwar eine Adresse, jedoch kein Zuhause. Während ich sonst überall auf der Welt immer sofort ankam, war Berlin der Ort, auf den ich mich am wenigsten eingelassen habe, vielleicht, weil ich meine Zeit hier nie als eine Reise angesehen habe. „Der Alltag ist das Leben", hatte mein Großvater mal zu mir gesagt und seine Worten klingen für immer wie ein Echo in mir nach. Und statt wieder das nächste Flugticket zu kaufen, entschied ich mich dafür, Termine zu vereinbaren, Verpflichtungen nachzugehen und mir einer Routine in Berlin zu suchen – nicht nur, um anzukommen, sondern auch, um endlich mal irgendwo zu bleiben.

Mehr zufällig begann ich damit, jeden Mittwoch in den Wedding zu fahren, um dort altes Gemüse zu schneiden und zu kochen und anschließend erst am Leopoldplatz, dann am Alexanderplatz und schließlich bis Mitternacht am Kottbusser Tor Essen auszuteilen. Diese wöchentliche Aufgabe bei der Berliner Obdachlosenhilfe schaffte: Verständnis und Verbindungen. Und ließ mich damit tatsächlich ein klein bisschen mehr ankommen.

„Also, das war heute wirklich wieder sehr lecker!"

Der Mann mit der schönen Stimme stand plötzlich neben mir. Meine Hände steckten noch in den Plastikhandschuhen, die wir zum Austeilen des Essens tragen mussten, und ich war gerade dabei, mir selbst einen Löffel des Gemüseeintopfs, der nach nichts als Mitleid schmeckte, in den Mund zu schieben. Ich lächelte und wischte mir mit dem Jackenärmel übers Gesicht.

„Das freut mich sehr", sagte ich ruhig und klar, so wie man es uns erklärt hatte, mit den Klienten zu sprechen, und schlürfte den Rest der Brühe aus der Schale. „Ich werde jetzt Kleidung austeilen, brauchen Sie etwas?", fragte ich den älteren Herren und er folgte mir lautlos zum Van.

Er entschied sich für einen Fließpullover und wollte ihn anprobieren. Er war so schmal unter seiner Jacke, er lief gekrümmt, seine Hände waren sauber. „Und, steht der mir?"

Er drehte sich etwas steif hin und her, als wäre er gerade aus einer Umkleide eines Modegeschäfts gekommen. Ich nickte und wollte mich gerade schon an den nächsten Wartenden wenden, als ich bemerkte, wie bedächtig er seinen neuen Pullover faltete und, als wäre er zerbrechlich, ihn ganz langsam in seinem leeren Rucksack verstaute. Ich dachte an Alex und wie zart Menschen werden, wenn ihnen etwas wichtig ist. Ich war unsicher und unbeholfen in der ungewohnten Situation, wollte irgendwie, dass es einfach schnell vorbeiging, aber: Worum geht es hier? Warum mache ich das hier? Die Menschen sind hungrig und ihnen ist kalt.

„Ich heiße übrigens Joachim", sagte er langsam und trat einen Schritt auf mich zu. Ich schob meine Hektik beiseite und spürte auf einmal, dass ganz gleich, welchen Pullover ich ihm ausgeteilt hätte, kein Kleidungsstück so warm gewesen wäre, wie die Aufmerksamkeit, die er brauchte. Er fragte nach meinem Namen und legte mir seine Hand auf die Schulter. Die Kunden durften die Absperrung nicht übertreten, sie durften sich auch das Besteck nicht selbst aus dem Kasten nehmen oder sich über die Speisen lehnen, sie durften uns nicht anfassen – Vorschriften. Wir hatten sie ganz am Anfang durchlesen und unterschreiben müssen. Und jeden Mittwoch aufs Neue erklärten diejenigen von uns, die schon länger dabei waren, denen, die das erste Mal zur Obdachlosenhilfe kamen, welche Regeln es zu befolgen galt. Ich wusste alles ganz genau und wollte mich bestmöglich daran halten. Aber in diesem Moment war Joachim kein Kunde, kein Obdachloser, kein Bedürftiger – er war ein Mensch, den ich gerade kennengelernt hatte. Er war kleiner als ich, seine wenigen Haare waren schneeweiß und seine Augen hellblau.

Von diesem Abend an unterhielten wir uns jede Woche. Immer dann, wenn zu viele Helfer gekommen waren (und das passierte oft, nicht zum Kochen und Vorbereiten, aber beim Austeilen waren wir an manchen Orten sogar mehr Helfer als Kunden), setzte ich mich neben Joachim auf die Bank, wir aßen gemeinsam und erzählten einander aus unseren Leben.

„Ich würde auch gern mal ein Buch schreiben", sagte er, nachdem ich ihm von meinem Beruf erzählt hatte. An diesem Abend war es besonders kalt. „Ich habe auch viel zu erzählen", fuhr er fort und zog sich dabei den Kragen seiner dünnen dunkelblauen Jacke etwas höher.

„Das glaube ich dir aufs Wort. Na los! Mach's!", sagte ich überschwänglich, als würde ich nicht in der verdammten Kälte der Stadt, sondern einem hippen Café neben einem Mittzwanziger sitzen.

Joachim schaute mich an. Sein Gesicht war ein bisschen zu nah an meinem. Seine Augen leuchteten kurz auf, sahen dabei müde aus, seine Haut war blass, beinahe durchsichtig. „Kannst du mir vielleicht helfen, Luise?", fragte er und ich nickte. Dafür war ich ja hier. „Ich weiß nicht, ob ich immer die richtigen Worte finde für all das. Ich will über die Dinge schreiben, die eigentlich gar keiner wissen will. Also ich weiß nicht, ob sonderlich viele Menschen dieses Buch dann wirklich lesen würden, geschweige denn aushalten." Er hielt für einen Moment inne. „Denkst du, du hältst das aus?"

„Ganz langsam, Joachim." Ich versuchte zurückzurudern, ohne ihm diesen Glanz zu nehmen, ohne ihm das Gefühl zu geben, ich würde nicht an ihn glauben. Denn das tat ich, wirklich. „Warum sollte das denn keinen interessieren? Du hast sicherlich Dinge zu erzählen wie sonst keiner. Und am Ende geht es doch auch nicht darum, wie viele Menschen deine Worte lesen, sondern wie viele berührt werden."

„Ich will über Sex schreiben", sagte er und schien sich selbst vor seiner Lautstärke und Direktheit zu erschrecken. Er blickte erst kurz mich und dann doch wieder nur den Boden an. Wie ein kleiner Junge saß er neben mir. Ich schaute langsam auf, sah ihn an und fühlte mich unbehaglich. Hatte ich die Situation falsch eingeschätzt? Wieso hatte ich die Regeln nicht berücksichtigt? Ich rückte ein paar Zentimeter zur Seite, dachte in Sekundenschnelle darüber nach, dass ich doch hierfür gar nicht ausgebildet war. Ich schob den Gedanken beiseite und entschied mich, einfach zuzuhören. Denn das war es doch, worum es hier eigentlich ging. Dass ihm endlich mal wieder jemand zuhörte: Sex. Er wollte über keinen Sex schreiben. Darüber, wie es ist, keinen Sex zu haben. Keine Zuneigung zu bekommen. Sich nicht mal selbst anfassen zu können, weil man nie allein ist und sich das irgendwie nicht richtig anfühlt, wenn man so viel falsch gemacht hatte. Er hatte in seinem Leben so viel versäumt, dass er sich einfach nicht selbst lieben konnte. Ich zwang mich aufzuhören zu nicken, während er mir das alles erzählte. Ich verstand nicht, glaubte ich, und wollte ihm nichts Gegenteiliges vermitteln.

„Luise, als meine Frau vor zehn Jahren verstorben ist, brach meine Welt wortwörtlich zusammen: Habe erst sie, dann meinen Job und bald unsere Wohnung und schließlich mich verloren. Ich habe noch nie jemanden so sehr geliebt wie sie. Und ich werde nie wieder jemanden so sehr lieben wie sie. Diese Liebe hielt mich all die Jahre, die wir auf dieser Welt zusammen hatten, am Leben. Also, ich habe doch keine Ahnung, ob es wirklich um den Sex und das Anfassen geht. Ich will es auch gar nicht ausprobieren. Aber schau mich an – das ist, was passiert, wenn man seit zehn Jahren keine Liebe mehr gespürt hat. Wenn die Liebe einfach gegangen und nie wiedergekommen ist. Dieses warme Gefühl im Bauch, im Herzen, überall. Seit sie weg ist, ist mir kalt – und das hat nichts mit der Straße zu tun. Das ist das Alleinsein."

Ich lächelte. Eines dieser traurigen, schmerzhaften Lächeln. Und mir liefen warme Tränen über das eiskalte Gesicht. Ich lächelte und weinte – darüber, wie traurig beschissen schön die Liebe und dieses Leben doch sind.

„Also einige meiner Freunde hier, die haben Sex. Da kann man ja wohin gehen." Seine Worte, die Stimmlage, der Blick veränderten sich wieder. Plötzlich sprach er viel schneller und sah mir dabei starr in die Augen. „Ich würde einfach gern mal wieder einen Frauenkörper anfassen und angefasst werden. Und meine Freunde, die bezahlen einfach dafür. Ist auch gar nicht teuer. Das kann man sich wirklich leisten. Aber hier in Berlin ist das Problem – also hier gibt es ja mittlerweile Krankheiten, bei denen kein Arzt eine Heilung kennt. Geschlechtskrankheiten, die es sonst nirgendwo auf der Welt gibt …" Seine Worte überschlugen sich, seine Haut war glatt und faltig zugleich und seine blassen Augenlider hingen über den gelben Augäpfeln.

„Joachim, ich glaube, ich sollte den anderen jetzt mal wieder helfen gehen."

Ich war ihm ins Wort gefallen, legte ihm sanft meine Hand auf die schmale Schulter, wischte mir die Tränen aus dem Gesicht und stand auf.

„Das war zu viel, nicht wahr? Das hätte ich alles nicht sagen sollen. Ich wusste doch, das will keiner hören", sagte er und auf einmal stand die Enttäuschung zwischen uns.

„Die anderen brauchen wirklich meine Hilfe, Joachim. Wir sprechen nächste Woche wieder, okay?"

Ich hatte das Gefühl, eine Grenze übertreten zu haben. Es gab all diese Regeln, um einander auf Distanz zu halten. Distanz, die sich für mich unecht angefühlt hatte. Und jetzt konnte ich mit der Realität nicht leben. War überfordert, wollte nichts Falsches sagen. Joachim machte gerade wieder den Mund auf, da drehte ich mich einfach um und flüchtete aus dem Gespräch. Regeln sind ziemlich oft dazu da, uns Menschen voreinander zu schützen.

In der Woche darauf sahen wir uns wieder und ich entdeckte Erleichterung in seinen Augen, als ich – etwas später als die anderen – auf den Alexanderplatz gehetzt kam. „Ich bin froh, dich zu sehen", sagte er (jedes Mal). Viele Male unterhielten wir uns. Er erzählte mir, wie er in der DDR großgeworden und gescheitert war. Manchmal erzählte er mir von seiner Wohnung, die es dann aber in der Woche drauf doch nicht mehr gab. Von seinem behinderten Sohn, der in Pankow lebte und den er gelegentlich besuchte, und als ich mich später nach ihm erkundigte, schüttelte Joachim kaum merklich den Kopf. Er erzählte mir von seinen Zeichnungen und als er sie mitbrachte und sie wie eine Sammlung Briefmarken präsentierte, waren es ausgerissene Magazinseiten, die wild und wirr mit Tinte und Farben übermalt waren. Immer wieder war das diese Mischung aus schönen, sanften Worten, Gedanken, Augenhöhe und dann, als hätte man Wasser auf ein Gemälde gekippt, verliefen alle Strukturen und Rahmen und die hellen Farben vermischten sich zu einem grauen Durcheinander, surreal und eben doch echt, hier auf dem Alexanderplatz, Berlin, Deutschland.

Wir Helfer zogen, wenn auf dem Alexanderplatz alle ihren Teller Suppe in Empfang genommen und leer gelöffelt hatten, weiter nach Kreuzberg. Je später der Abend, desto eisiger wurde es, die Gesichter trauriger, noch leerer und die Stimmen immer leiser. Manche der Gäste am Kottbusser Tor waren so leer, dass sie kaum noch Stimme übrig hatten. Eines Abends waren Joachim und ich so tief in ein Gespräch verwickelt, dass er mich bat, mit ihm am Alexanderplatz zu bleiben, noch ein paar Minuten mit ihm zu sprechen. Die anderen packten zusammen, erkundigten sich, ob ich okay wäre, und versicherten mir, dass sie mich für heute nicht mehr dringend brauchten. Also blieb ich sitzen, in der Nacht Berlins – mit meinem neuen Bekannten. Eine halbe Stunde später begleitete er mich zu meinem U-Bahn-Gleis. Ich lief extra langsamer als sonst und trotzdem humpelte er mir, immer mit ein paar Zentimetern Abstand, eilig hinterher, als würde er, ganz gleich, wie sehr er sich auch bemühte, dem Leben nicht hinterherkommen. Die Anzeige am Gleis kündigte die Einfahrt der Bahn in einer Minute an. Die türkisfarbenen Fliesen der Wände umrahmten die Situation, wir umarmten einander unbeholfen und eilig, obwohl man noch nicht mal die Gleise vibrieren hörte. Wir hätten immerhin einen Augenblick länger in der Umarmung verharren können. Ob es für ihn etwas geändert hätte? Für mich? Knallgelb fuhr ein. Er winkte mir, als sich die Türen der U5 schlossen. Die Bahn raste los und alles vermischte sich zu einem dunklen Grau.

Die Woche darauf legte ich ihm mit den Worten „Ich habe etwas für dich" ein schwarzes Notizbuch und einen Stift in die schmalen Hände. Er bedankte sich mit einer Umarmung.

„Das hast du extra für mich mitgebracht?", fragte er und packte das schwarze Heft behutsam, so wie seinen Pullover damals, in seinen leeren Rucksack und verschwand. An diesem Tag ging er, bevor wir überhaupt die Kleider ausgeteilt hatten. Sie waren zu dritt, die anderen beiden hatte ich noch nie zuvor gesehen. Die Dunkelheit verschluckte sie, wie der Rucksack zuvor das Buch verschluckt hatte, sie lachten und es klirrte in ihren Rucksäcken.

„Ich freue mich darauf, dich nächste Woche zu sehen", sagte er jedes Mal und wenn ich es einmal nicht mittwochs auf den Alexanderplatz geschafft hatte, fragte er mich die Woche darauf, wo ich gewesen war, erzählte mir, dass er auf mich gewartet hatte und dass er verstehe, dass meine Familie mich brauchte. Ich verstand, dass er mich brauchte.

Joachim war und ist einer der Anker, die ich geworfen hatte in Berlin. Es sind vor allem die Abschiede, an die ich mich erinnere, wenn ich an ihn denke. Weil sie so zaghaft waren und weil wir beide (glaube ich) hofften, dass wir uns immer wiedersehen würden. Die ehrenamtliche Arbeit bei der Berliner Obdachlosenhilfe hat mir – einmal mehr – das Herz und den Kopf geöffnet. Wenn ich die Tür zu meinem Zuhause aufschließe, empfinde ich Dankbarkeit, und wenn ich jemanden mit seinen Habseligkeiten am Straßenrand sitzen sehe, dann lächle ich ihn an, wie man einen Menschen eben anlächelt, und sehe ihn.

Es gibt sehr viel, wofür ich dankbar bin. In Bezug auf dieses Buch sind es vor allem meine Privilegien. Um nur zwei davon zu nennen: meinen deutschen Reisepass und meine Gesundheit, die mich bisher durchs Leben getragen und mir die erzählten Begegnungen ermöglicht haben.

Ich bin außerdem dankbar für jeden, der mich in Schubladen gesteckt oder vorverurteilt hat, weil es mich hat neugierig und empathisch werden lassen.

Ich bin meinem ersten festen Freund dankbar, dass er mich auf ein erstes großes Abenteuer mitgenommen hat und damit mein Fernweh entfachte.

Ein Dankeschön an mein jüngeres Ich, dass es jeden gesparten Cent in Reisen investiert hat und wieder und wieder mutig losgezogen ist. Ich weiß, wie viel Überwindung Dich das doch auch immer wieder gekostet hat.

Ich bin dankbar dafür, dass mir in Hostels nie etwas gestohlen oder angetan wurde.

Und ich danke meinen Menschen, die mich haben ziehen lassen, weit weg und teils auf unbestimmte Zeit, weil sie wissen und lieben, dass ich das brauche und bin.

Vielen Dank an Anne – fürs Lektorieren und Deine Geduld. Und den größten Dank an meine Freundin und Geschäftspartnerin Eva – fürs in Farben und Formen übersetzen und dafür, dass wir zusammen mutig sind. Janine, tausend Dank fürs Perfektionieren.

Amit, Hans, Lamarana, Chris, Alex, Axel, Baharesa, Jake, Minte und Marleen, José, Luciano, Bella, Karolin, Ben und Joachim, Danke für Euren Mut und Euer Vertrauen und all das, was ich von Euch lernen konnte.
Und an Dich, die oder der Du das gerade liest: Danke für die Wellen, die du schlägst und brichst, reitest und liest.